장애가 있지만
고개 들고 살아갑니다

장애가 있지만 고개 들고 살아갑니다

뇌성마비 장애인이 전하는 감사와 성장의 이야기

초 판 1쇄 2024년 03월 12일

지은이 이진행
펴낸이 류종렬

펴낸곳 미다스북스
본부장 임종익
편집장 이다경
책임진행 김가영, 윤가희, 이예나, 안채원, 김요섭, 임인영, 권유정

등록 2001년 3월 21일 제2001-000040호
주소 서울시 마포구 양화로 133 서교타워 711호
전화 02) 322-7802~3
팩스 02) 6007-1845
블로그 http://blog.naver.com/midasbooks
전자주소 midasbooks@hanmail.net
페이스북 https://www.facebook.com/midasbooks425
인스타그램 https://www.instagram/midasbooks

ⓒ 이진행, 미다스북스 2024, *Printed in Korea.*

ISBN 979-11-6910-542-2 03810

값 17,500원

미다스북스는 다음세대에게 필요한 지혜와 교양을 생각합니다.

뇌성마비 장애인이 전하는 감사와 성장의 이야기

장애가 있지만
고개 들고 살아갑니다

이진행 지음

미다스북스

· · ·

성장하는 삶을 살아가니 충분하다

'충분하다'라는 건 무엇인지 네이버 국어사전에서 검색해 보았다. '모자람이 없이 넉넉하다.'라고 되어 있다. 내가 모자람이 없이 넉넉한 삶을 살고 있는지 돌아보았다. 매일 치열하게 살아가고 있다. 잠시 쉬어 가더라도 최선을 다해 살아가고 있다. 도전하는 삶으로 하루하루 엮어 나가고 있다. 걷기 시작한 날, 도전은 시작되었다. 걷기 연습이 도전이었기 때문이다. 장애를 극복하려고 도전을 이어나갔다. 하지만 요즘은 장애를 받아들이고 장애와 더불어 도전하고 있다. 장애는 도전하게 만들어 주었다. 모자람이 없이 넉넉한 마음으로 도전하면서 살고 있다고 자부한다.

어릴 적 친구들의 괴롭힘과 나를 이상하게 바라보는 시선으로 인해 늘 고개는 아래로 향해 있었다. 장애인으로 살아간다는 게 싫었다. 왜 비장애인으로 태어나지 않았을까 하며 늘 자책했다. 하지만 나를 괴롭히고 힘들게 하는 이들을 탓하며 살 수만은 없었다. 아버지의 도움으로 시작하게 된 걷기 연습이 나를 변하게 해 주었다. 당당하게 고개 들고 나아가게 자신감을 가지도록 해 주었다. 고개 들고 매일 도전하며 살아가고 있다. 도전하니 점점 내가 할 수 있는 도전이 보인다.

2023년 5월 3일, 성균관컨벤션에서 지인인 송경화 대표님이 함께하는 '제4회 글로벌 K뷰티스타모델콘테스트'에 다녀왔다. 송경화 대표님과는 페이스북으로 소통을 자주 했다. 하지만 실제로 얼굴을 본 건 그날이 처음이었다. 송 대표와의 만남도 반가웠지만, 그날 나는 또 하나의 도전 거리를 발견했다. 자리에 앉아 행사 준비 모습을 보고 있었다. 처음 보는 분이 나에게 '작가님'이라 하며 다가왔다. 송 대표가 '작가님'이라 부르는 걸 들었나 보다. 명함을 주서서 보니 경기도 양평에서 '산수유지역아동센터'를 운영하는 김유숙 센터장이라 되어 있었다. 김 센터장이 가슴으로 낳은, 발달장애가 있는 딸이 오늘 콘테스트 무대에 선다고 말했다. 딸이 평소에 한복을 좋아한다고 말하는 센터장의 미소를 머금은 얼굴이 아직도 기억난다. 한복을 입고 런웨이를 걷는 모습을 보았다. 그분 딸이 런웨이에 오른 걸 보니 아름다워 보였다. 런웨이가 끝나고 다가가서 '잘했어요!'라고 말해 주었다. 그리고 사진도 함께 찍었다. 발달장애인들이 모델 활동하는 모습을 보니 그 아가씨의 도전이 실로 존경스러워 보였다.

집에 오면서 이제 스무 살 넘은 아가씨의 앞날을 위해 기도해 주었다. 그러면서 내 안에 또 다른 도전 거리, 모델 워킹에 도전하고 싶다는 열망이 생겼다. 며칠 후에 평소 친하게 지내는 성조 누나에게 말했더니 아는 분이 장애인 대상으로 모델 워킹 교실을 하고 있다며 연결해 주겠다고 한다. 조만간 모델 워킹도 도전할 날이 올 것 같다.

연도는 기억나지 않는다. 아마 코로나 전일 거다. 평소 친하게 지내고 있는, 제인에게 만나자는 톡이 왔다. 만나자는 말과 함께 유튜브 하는 것을 도와주고 싶다는 내용도 왔다. 유튜브 하는 걸 도와준다고? 뭘까 하고 만나기로 한 장소에 나갔다. 제인의 남자 친구 정용이도 함께 나왔다. 식사하고 차를 마시며 얘기를 했다. 도전하는 모습을 찍어 편집해서 내 유튜브 계정에 업데이트하는 작업을 해 주고 싶다는 거였다. 자기들은 아무것도 바라지 않는다고 했다. 내가 잘되기를 바라는 마음에 도움을 주고 싶다는 동생들의 마음에 가슴이 따뜻했다. 좋은 아이디어로 보였다. 함께하자 약속하고 그 후 자주 만났다. 하지만 유튜브 시작은 하지 못했다. 차일피일 미뤄지다가 어려울 것 같다며 흐지부지해졌다. 그 동생들과는 아직도 연락하며 지내고 있다. 그것이 계기가 된 건지 몰라도, 몇 달 전부터 핸드폰으로 발음 영상을 찍어 편집도 하지 않고 매일 업로드하고 있다. 도움은 받지 못했지만, 실행할 수 있도록 동기부여를 준 두 동생에게 고마운 마음이 든다.

작게나마 매일 도전할 수 있다는 것, 충분한 삶이다. 모자람이 없이 넉넉한 삶을 산다는 건 돈을 많이 버는 걸 넘어 작은 성취 속에서 만족을 누리는 삶이라 본다. 물론 넉넉한 삶을 위해서는 넉넉한 돈도 필요하다. 하지만 내가 말하고자 하는 충분은 매일 작은 도전으로 얻는 충분함이다. 매일 발음 연습, 독서, 운동, 글쓰기를 통해 작은 성취를 맛보고 있다. 도전 속에서 넉넉함을 누리고 있다. 매일 소소하게 하는 행동들이 몸과 마음의 부자로 만들어 준다. 나를 성장시켜 주는 매일의 행동이 있기에 행복한 하루하루가 이어진다.

이 책의 구성은 아래와 같다.

1장은 장애인으로 늘 좌절과 실수 속에서 살았던 모습을 이야기했고, 2장에서는 장애를 가지고 살아가며 직장 생활을 했던 내가 어떻게 비장애인과 소통했고, 실수에 대해 어떻게 대처했는지 이야기한다.

3장은 장애인으로 살아오며 수많은 고난과 역경이 있었지만, 그런 어려움에도 어떤 방법으로 고개를 들고 당당히 살았는지 이야기한다.

4장은 만족한 삶을 살기 원했던 내가 실행한 간단한 방법을 이야기한다.

5장은 자책하지 않고 나를 사랑하는 방법에 대해 나의 경험을 곁들여 이야기한다.

만족한 삶을 살고 싶었고 고개 들고 살고 싶었다. 여러 방법을 찾았다. 하지만 그 방법은 멀리 있지 않았다. 내가 믿는 하나님을 전적으로 신뢰하며 매일 소소하게 행동을 하며 나아가는 것! 마음을 정했으면 미루지 않고 바로 하고 어떠한 고난과 역경에도 나를 단련해 줄 걸 믿고 앞으로 가 아닌 옆에 있는 사람들과 나아가는 게 충분하고 만족한 삶이다. 더 나아가 욕심부리지 말고 지금 가지고 있는 것에 집중하며 산다면 자신을 가치 있게 만들 수 있다고 본다. 도전하며 하루하루 나아가고 있는 요즘, 이대로도 충분하다. 여기 뇌성마비 장애인이 살아온 감사와 만족의 삶이 담긴 이야기가 있다. 그리고 내가 사는 세상은 조금 다르다. 장애를 가졌음에도 늘 도전하며 사는, 다르게 사는 장애인. 지금으로도 충분하다고 말하는 이야기로 초대를 한다. 제 글을 읽고 비장애인은 물론이고 장애인들도 매일 작게 도전함으로써 충분한 삶을 살기를 바라는 마음 간절하다.

매일 소소하게 도전하며 충분한 삶을 사는
작가 이진행

목 차

· · ·

4장 만족한 삶을 살기 위한 간단한 방법

5장 나를 더 사랑해 주세요

제1장

나의 시작은
언제나
좌절과 실패뿐이었다

1

좌절을 밟고 일어나 희망을 잡다

어떤 일이나 도전을 하다가 무너진 적이 있는가? 실패로 돌아간 적 있는가? 살아가며 탄탄대로를 걸어 나가는 사람은 없다. 한 번 아니면 그이상 좌절을 경험한다. 좌절을 통해 마음이 무너지고 아픔을 경험한다. 성공만 있는 삶이 아니다. 오르막만 있지 않다. 실패와 내리막도 있는 것이 세상의 이치이다.

자주 넘어졌다. 걷기 연습을 하며 수없이 넘어졌다. 넘어지며 절망을 경험했다. 무릎이 까지면서 넘어지고 또 넘어졌다. 넘어지면서 드는 생각은 매번 같았다.

'나는 왜 걷지 못할까?'

'나는 왜 걷다가 넘어질까?'

'왜'라는 의문이 머릿속에 가득해졌다. 매번 이런 생각으로 머릿속이 가득 찼지만 걷고 또 걸었다. 걷기 연습한 첫날에는 한 발 내딛기가 마치 꽁꽁 언 강을 건너는 것 같았다. 걸어야 한다는 생각으로 걸어 나갔다. 하지만 땅과 혼연일체가 되어 버려 도저히 움직일 수가 없었다. 앞에서 아버지는 뭐라고 말을 하는 것 같았지만 들리지 않았다. 답답했다. 첫날은 한 발도 내딛지 못하고 돌아왔다. 그런데도 일주일에 서너 번 아버지와 걷기 연습을 했다. 그리하여 한 달 뒤에 한 발 내디딜 수 있었다. 넘어지며 맛본 것은 좌절이었다.

대학교 4학년 당시 사법시험을 보기 위해 학업과 더불어 학원에 다녔다. 신림동 고시촌에 있는 학원에 다녔다. 사법시험에 합격해 법조계에서 일하고 싶었다. 학원을 다니며 매달 모의고사로 평가를 해 보았다. 모의고사를 보면 점수가 낮게 나왔다.

'이 길이 아닌가 보다!'

이런 생각이 들었다. 좀 더 공부하면 될 거라는 마음으로 공부에 매진하였다. 같이 수업을 듣는 사람들과 스터디 그룹을 만들어 공부했다. 함께 공부한 사람들은 점수가 잘 나왔다. 그들은 비장애인이라서 점수가 잘 나온다는 생각은 하지 않았다. 같이 공부하며 토론하는 데도 아무 문제가 없었다. 어느 날 함께 공부하는 형이 이런 말을 했다.

"진행아! 사법시험 말고 다른 시험 보는 건 어때? 매번 모의고사 점수가 그리 나오면 학원비만 나가지 않겠니?"

그날 저녁, 곰곰이 생각했다. 사실 사법시험 1차 원서 접수 날짜가 다가오고 있었다. 원서 접수 날짜가 다가오면서 함께 공부하는 형이 한 말에 고민이 되었다. 기도했다.

"하나님! 어떻게 하면 좋을까요? 알려주세요!"

기도하며 고민 끝에 결정했다.

"그래, 다른 길을 찾아보자. 대학은 일단 졸업하고 생각해 보자!"

이런 생각을 하던 중, 고2 때 담임이셨던 황경선 선생님이 연락을 주었다. 서울 강서구에 있는 '기쁜우리복지관'에서 공무원반을 개설한다며 공무원 시험에 도전해 보라고 했다. 바로 복지관에 연락해서 신청하고 수업을 들었다. 모의고사를 보면 점수는 잘 나왔다. 하지만 실제로 시험을 보면 매번 떨어졌다. 그렇게 3년간 공무원 시험에 도전했다. 하지만 매년 안 되었다. 그로부터 몇 년 뒤에 복지관에서 근무한 직원을 다른 모임에서 우연히 만났다. 그분에게서 들은 이야기는 왜 떨어졌는지에 대한 의문을 풀어주었다. 답안지 작성이 문제였다. 답안지를 한 칸씩 밀려 쓰는 문제가 아닌 마킹 문제였다. 컴퓨터용 사인펜으로 마킹할 때 바깥으로 삐져 나가 판독이 되지 않았다. 복지관에서 당시 행정자치부에 건의했다는 말을 들었다. 복지관에서는 장애가 있는 응시생에게 수학능력시험처럼 시간 안배를 요청하는 공문을 보냈다. 제안해 줘서 고맙다는 인사와 더불어 그동안 전혀 생각하고 있지 않았다는 답신을 행정자치부가 주었다. 공문을 보내 주어 고민을 시작했다는 것과 당장 시행하기에는 어렵지만, 그 시간이 반드시 올 것이라는 내용도 함께 있었던 것으로 기억한다고 했다. 이 말을 들으니 희망이 생겼다. 비록 계속 불합격이 되어서 응시를 포기했지만, 장애인 응시생들에게 희망의 소식이 전해지기를 기도한다.

공무원 시험을 보면 매번 떨어져 직장을 구했다. 방송통신대학교라서 저녁때 TV 수업이나 라디오 수업이 있다. 교회 청년부에서 봉사 활동을 한 장애인 기관이 있었다. 그곳 원장님 소개로 장애인 신문사에서 일하는 사람을 알게 되었다. 그로부터 몇 달 뒤 그분이 영등포에 있는 장애인과 비장애인이 함께 일하는 회사를 연결해 주어서 대학에 입학한 해인 1995년 4월부터 2005년 6월까지 일했다. 낮에는 학교 도서관에서 공부를 할 수도 있었다. 하지만 낮에 다닐 직장을 구한 것은 학비라도 스스로 마련해 보고 싶어서였다. 하지만 학비는 부모님이 마련하여 주었다. 회사에서 받은 것은 적어서 용돈으로 사용하였다. 2005년 6월까지 일하고 7월부터 경기도 성남시 분당에 있는 전자부품연구원에 취업이 되어 출근했다. 전자부품연구원은 2008년 계약이 종료되어 퇴사하고 다른 곳을 찾기 위해 이력서를 제출했다. 연구원을 퇴사하고 1년이나 취업이 되지 않았다. 한동안 좌절한 상태가 지속되었다. 1년간 수도 없이 지원서를 냈다. 함께하자는 회사는 나타나지 않았다. 면접으로 이어지는 경우는 드물었다. 그러다가 1년 뒤, 취업이 되었다. 비정규직 인생이었다. 한 회사에 짧으면 1년, 길면 2~3년이었다. 장기근속하면 얼마나 좋을까 하는 생각도 들었다. 퇴사하면 바로바로 취업이 되기를 바라면서 하루하루를 살았다. 취업이 안 되면 '왜 취업이 안 되지?', '무엇이 문제지?' 하며 좌절을 하였다. 좌절한 마음은 무기력하게 만들었다. 그래도 띄엄띄엄 취업이 되어 일할 수 있어서 다행이라 생각되었다. 감사했다.

많은 좌절 속에 살아왔다.

좌절은 부정적인 작용만 하지는 않았다. 긍정적인 역할도 했다. 무너지는 한이 있어도 절대로 포기하지 말라는 희망의 메시지도 주었다. 좌절은 나를 돌아보게 했다. 현 상태가 어떤지, 부족한 게 무엇인지. 그래서 앞으로 준비할 게 무엇인지 알게 해서 대비를 하게 해 주었다. 이러한 대비는 앞날에 대한 두려움을 조금이나마 떨쳐 버리게 했다. 넘어지는 것을 두려워하지 말라는 것을 걷기 연습을 하며 알게 되었다. 아마도 아버지는 아들의 앞날을 위해 준비하게 했나 보다. 걷기 연습을 하면서 실패와 좌절을 대하는 태도를 배웠다. '넘어지며 배우는 것이 인생이구나.'라는 걸 좌절을 통해 경험했다. 넘어지는 과정에서 얻은 깨달음은 장애를 극복하게 해 주었다. 실패하며 겪는 좌절 속에서 절대로 표기하지 말라는 아버지 목소리가 들린다. 그 목소리는 좌절 가운데 있는 나를 움직이게 한다. 일어나 나아가라고 격려한다. 좌절의 아픔 속에 산다고 완전히 주저앉지 않는다. 그 좌절 속에서 무언가를 배울 수 있다면 그보다 더 흐뭇한 기쁨은 없지 않겠는가.

2

우울증은 말없이 온다

코로나19 확산 이후 불안증과 우울증을 호소하는 이들이 전 세계적으로 2배 이상 증가했다는 뉴스를 보았다. 그중 한국이 우울증 유병률 1위, 36.8%로 발표되었다. 다른 말로 한국 국민 10명 중 4명이 우울증 또는 우울감을 겪을 정도로 상황이 심각하다는 말이다. 대한신경과학회가 공개한 2020년 OECD 통계를 보면 우리나라의 2019년 우울증 유병률은 36.8%로 조사 대상국 중 가장 높았다. 비단 코로나 상황이라서 우울증이 이렇게 높지는 않을 것이다. 우울증은 마음의 감기다. 삶에 대한 의욕이 저하되고, 흥미가 없어지고 잠을 못 이루는 증상으로 나타난다. 흔히 겪는 우울감과는 다르다. 개인의 노력으로는 고쳐지지 않는다. 우울증 초기 증상을 지나쳐 질환 진행이 빠를 경우 극단적인 선택을 할 위험성이 높다. 실제 우울증 환자의 4분의 3가량이 스스로 생명을 앗아가는 선택지를 고려하다가 결국 10~15%의 사람이 시행하는 것으로 알려졌다. 코로나19 바이러스로 경제적인 불안정, 결혼, 취업 등에 압박감을 느껴 우울증을 겪고, 사회에서 기대하는 남성 표본에 맞추기 위해 노력하는 것이 되레 마음의 짐으로 자리 잡은 것도 우울증의 한 원인이다. 힘들고 어려운 사정을 주위에 말하고 싶지만 차마 그러지 못함으로 인한 것도 원인이라 할 수 있다.

"야! 너 휠체어에서 내려 기어 봐!"

울고 싶었다. 힘이 있다면 한 대 때려 주고 싶었다. 하지만 그렇게 할 수 없었다. 다리에 힘이 없었다. 친구 말대로 기었다. 기어가며 마음속에는 분노가 차올랐다. 그 일은 우울증에 빠지게 했다. 나는 왜 못 걷는 걸까에 대한 원망이 들었다. 학교 서무과에 아버지가 근무하고 계셨다. 하지만 그마저도 아무 소용이 없었다. 친구들은 아버지가 옆에 있으면 잘해 주는 척했다. 아버지가 사라지면 얼굴이 바뀌면서 전과 같이 행동했다. 아버지에게 차마 말을 할 수가 없었다. 내 힘으로 해결하고 싶었다. 그래서 친구들에게 어눌한 말투로 말했다.

"친구들아! 너희들과 잘 지내고 싶어!"

하지만 친구들은 요지부동이었다. 내 말은 아예 듣지도 않으려 했다. 어머니와 함께 집으로 가는 내내 마음속에는 친구들에 대한 분노와 더불어 힘이 없는 나에 대한 분노가 치밀어 온몸이 떨렸다. 떠는 나를 보며 어머니가 말을 했다.

"진행아, 몸은 왜 떨어? 어디 아프니?"

학교에서 있었던 일을 말할 수가 없었다. 아픈 것 같다는 말로 어머니를 안심시켜 드렸다. 집에 와서 어머니 몰래 얼마나 울었는지 모른다. 한동안 학교에 가고 싶지 않다는 생각도 했다. 장애로 인한 아픈 마음으로 우울증이 몇 달간 지속되었다. 하지만 집에서는 내색하지 않으려고 노력을 했다. 그 후, 나에게 호의적으로 대해 준 친구들이 어머니에게 말을 해 주어 어머니도 알아 버렸다. 어머니는 방 안에 우두커니 앉아 있는 나의 등을 어루만지시며 이렇게 말을 했다.

"진행아! 힘들지? 힘들면 실컷 울어. 울고 나면 후련해질 거야."

어머니의 말을 듣고 울었다. 다독여 주시던 어머니 손길을 잊을 수가 없다. 그때 느꼈던 감정이 우울감이었는지 우울증 증세였는지 모르겠지만 그런 감정은 말없이 다가왔다.

마포장애인자립생활센터에서 일할 때였다. 사무실이 오피스텔이었다. 오피스텔도 사무실이다. 그런데 직장 동료 중 사무실을 자기 집처럼 사용하는 사람이 있었다. 회식하고 나면 집으로 가야 하는데 사무실에 가서 잔다. 다음 날 출근을 하면 그때까지 자고 있는 동료의 모습을 자주 목격했다.

"이보세요! 사무실이 본인 집입니까? 출근 시간인데 아직도 사무실에서 자고 있습니까?"

사무실인지 개인 가정인지 도저히 이해가 가지 않았다. 그는 도리어 나에게 화를 냈다.

"왜 이리 일찍 오세요?"

회사에 일찍 오면 안 된다는 말인 건가? 회사 일찍 온 걸로 한마디 듣기는 처음이었다. 사무실에 나가기 싫었다. 음주를 즐기지 않아서인지 몰라도 이건 아니지 않나. 관계에서 오는 우울감을 느꼈다. 사무실에서 잠을 잤으면 일찍 일어나서 일할 준비를 해야 하지 않는가. 직장 상사 모르게 조치했기에 다행이었다. 나쁜 마음을 먹고 이야기했더라면 그 동료는 바로 회사를 사직해야 했을지도 모른다. 그 동료와 다른 일로 마음이 맞지 않아 신경전이 있었다. 하는 일마다 신경이 거슬리게 했다. 좋은 관계를 유지하고 싶었지만 나와 정반대의 성격이라 마음 맞추기 힘들었다. 지옥 같은 출근길이 이어졌다. 그러던 중 그 동료는 무단결근을 밥 먹듯이 하고 자기 마음대로 아무 때나 출근해 오래가지 못하고 센터를 그만두었다. 그 동료가 맡고 있던 일을 다 맡는 바람에 밤 열두 시에 장애인 콜택시를 타고 퇴근을 하는 날이 많았다. 2년간의 센터 생활은 기쁨도 주었지만, 우울증이 주는 힘겨움도 겪었다.

교회를 다닌다.

2018년 가을, 1995년도부터 13년 동안 다녔던 교회를 떠나 다른 교회로 옮겼다. 옮기기 전 2년간은 교회 나가는 것 자체가 힘들었다. 그 2년은 교회를 왔다 갔다 한 것이다. 어떤 일로 심한 우울증에 빠졌다. 말로 인한 상처로 교회를 옮겨야 할지 말지 하나님께 기도하며 2년을 보냈다. 당시 중고등부 교사를 하며 청년부 활동을 하고 있었다. 중고등부에서 고2 담임으로 봉사하고 있었다. 반 모임을 해야 하는데 아이들은 학원 일과 등 여러 가지로 토요일 다섯 시밖에 시간이 되지 않았다. 토요일 다섯 시에는 청년부 예배가 있다. 아이들에게 토요일 다섯 시에는 선생님이 청년부 예배를 드려야 해서 안 되겠다는 말을 차마 할 수 없었다. 평소 교사를 하며 지론이 있었다. 아이들 시간에 맞추자는 거다. 청년부 예배에도 불구하고 그 시간에 반 모임을 했다. 반 모임을 잘하고 다음 날

주일이 되었다. 오전 예배를 드리고 점심을 먹고 있는데 사모님이 어제 좋은 시간 가졌다는 말을 들었다고 한다. 옆에서 식사하고 있었던 청년부에서 나와 동갑인 친구가 어제 뭐 했냐고 물었다. 사모님이 반 모임을 했다고 하니 앞뒤 상황도 파악하지 않고 욕을 하며 "그렇게 할 거면 교사 때려치워!"라고 말한다. 반 모임을 토요일 다섯 시, 그것도 청년부 예배 시간에 가졌다는 걸로 그렇게 말을 한 것이다. 분통이 터졌다. 평소에 청년들 사이에 이미지가 좋지 않았던 친구다. 바로 받아치지 못해 서글펐다. 정확한 정보인지 아닌지 모르겠지만 내가 교회를 옮긴 후에 그 친구는 아버지 목사님으로부터 질타를 받고 다른 교회로 옮겼다는 소문이 들렸다.

초등학교 시절, 장애로 인해 친구들로부터 받은 따돌림으로 우울했다. 회사 생활을 하면서 남을 배려하지 않고 자기 방식대로 회사를 다녔던 직장 동료로 인해 출근길이 가시밭길이었다. 앞뒤 상황도 파악하지 않고 무조건 욕부터 하는 인간과의 관계로 받은 상처는 교회를 옮기기 전 2년 간의 신앙생활을 혼란에 빠지게 했다. 앞에 언급한 세 가지 사건은 나를 돌아보게 해 주었다. 나도 남을 차별하지 않는지. 배려하지 않는 태도로 남을 힘들게 하지는 않는지. 나만 생각하고 타인의 말은 들어 보지 않은 채 내 말만 해서 관계 단절을 가져오게 하지는 않았는지, 되돌아본다. 서로에게 상처 주지 않고 살면 얼마나 좋을까. 다른 이에게 준 아픔과 상처는 언젠가는 자신에게 되돌아온다는 걸 안다면 서로에게 아픔을 주고 상처를 입히지 않을 것이다. 행동을 하거나 말을 하려고 하면 이 행동과 말은 상대에게 도움 되는 일인지 도리어 상대의 마음을 우울하게 만드는지 생각한다. 상대방의 말과 행동이 혹시 내가 하는 말과 행동이지 않을까. 하루를 마치면서 내가 어떤 말을 했는지, 어떤 행동을 했는지 돌아본다. 상대의 행동과 말을 통해 나를 보았다. 그랬더니 말없이 찾아온 우울증은 말없이 떠났다. 또 언제 찾아올지 모르는 우울증! 말없이 떠날 것이기에 하루하루 나를 돌아보는 데 마음을 쏟는다.

만족한 삶을 위한 첫걸음

어떤 경우에 삶의 만족을 느끼는가?

많은 이들이 인생의 성공을 추구한다. 이제까지 쓴 책에서 말했다. 성공하려면 개인의 성장이 기반이 되어야 한다고. 성장 없는 성공이 가능할까? 자신이 먼저 성장하면 만족한 삶을 살 수 있다. 세상은 성공을 먼저 얘기한다. 서점에 가면 성공에 대해 말하고 있는 책이 많다. 하지만 그런 책을 읽어 보면 곧바로 성공의 반열에 오른 사람은 없다. 그들은 먼저 배우는 삶을 살았다. 배우고 나서 행동을 했다. 알아야 행동을 하지 않겠는가? 이런 것이 만족한 삶이고 행복한 삶이다.

만족한 삶이 곧 행복한 삶이다.

행복한 삶을 살고 있는가? 최상의 만족한 삶은 자기가 하고 싶은 일을 자신의 주도하에 하는 것이다. '행복', '사랑', '믿음' 등 좋은 말들이 많다. 벨기에의 극작가인 마테를링크의 동화, 『파랑새』의 주인공 틸틸과 미틸 (일본식, 치르치르와 미치르)이 행복을 찾아 준다는 파랑새를 찾아 아주 먼 여행을 떠나지만, 결국 집에 돌아와서야 그토록 찾던 파랑새를 만나게 된다는 줄거리처럼, 행복은 먼 곳에 있는 것이 아니라 항상 자기 주변에 있다. 하지만 주인공이 행복의 상징인 파랑새를 금방 찾은 것이 아니다. 행복을 찾기 위해 노력과 희생의 산물로 얻어진 것이 행복이다.

만족한 삶, 행복한 삶을 살고 싶었다. 장애인으로 태어나 늘 좋은 일만 있었던 것은 아니다. 장애로 인한 고통과 불편함이 따라다녔다. 주위의 멸시와 조롱은 나를 힘들게 했다. 만족한 삶은 멀리 있어 보였다. 나와 상관없어 보였다. 비장애인처럼 아무런 불편함 없이 살고 싶다는 생각을 수도 없이 했다. 만족한 삶을 위해 걷기 연습을 했고, 발음 연습을 했다. 살기 위해 몸부림을 쳤다. 나에게 있어 만족한 삶은 불편 없이 사는 것이었다. 사람들 눈치 안 보고 차별하지 않는 세상에서의 삶이 만족한 삶이라고 생각한다. 살아가면서 그것은 스스로가 아닌 함께 만들어나가야 한다는 걸 알고 나니 또 다른 행복한 삶을 찾아야 했다. 그것은 매일 하는, 작은 행동에서 찾았다.

행복은 대단한 것이 아니다. 매일 반복되는 삶 속에서 작은 행동을 하며 만족함을 누리는 것이 행복이다. 그래서 매일 작은 삶의 투자를 한다. 투자라고 해서 돈이 들어가는 것은 아니다. 세상에 돈으로만 투자가 가능한 게 부동산, 증권만 있는 건 아니다. 습관 만들기에도 작은 투자가 필요하다. 작은 습관이 모여 큰 성장을 이루고 그것이 모여 성공을 이룰 수 있다. 매일 반복적으로 하는 것이 있다면 앞으로 작은 투자에서 성공할 가능성이 있다.

매일 발음 연습, 운동, 등산, 독서, 글쓰기 등 작은 투자를 하고 있다. 이런 투자는 나를 성장하게 한다. 장애를 이기기 위한 투자도 있지만, 지혜를 얻는 투자도 있다. 발음 연습, 운동, 등산은 장애를 이기기 위한 투자이고, 독서와 글쓰기는 지혜를 얻는 투자이다. 발음 연습은 매일 하지만 시간을 정해 놓고 하지는 않는다. 글쓰기를 할 때, 운동할 때, TV를 볼 때, 책을 읽을 때 시시때때로 하고 있다. 책이 출간된 후, 저자 강연이 들어오고 있다. 코로나 상황이라 줌(ZOOM)으로 강연을 한다. 강연 후 사람들이 해 주는 말로 작은 투자가 성공했음을 증명하고 있다.

"작가님! 발음 연습을 열심히 하신 것을 눈으로 보았습니다!"

이런 응원의 말이 발음 연습에 매진하도록 한다. 사람들이 더 알아들을 수 있도록 작은 투자를 게을리하지 않으려 한다.

간혹 나가서 운동하지만, 코로나19로 인해 집에서 운동했다. 나가서 운동하면 달리기를 하거나 놀이터에 있는 운동기구를 이용한다. 집에서 운동하면 집 안에 있는 모든 것이 운동 도구가 된다. 의자도, 수건도 운동 도구가 된다. 또한 물이 들어가 있는 생수병도 운동 도구다. 운동하는 모습을 찍어 SNS에 올렸더니 좋은 운동 방법 알려 주셔서 고맙다는 말을 들었다. 삶의 작은 투자가 주위 사람들에게 도움이 된다는 말을 들으니 흐뭇하다.

집 뒤에 관악산 둘레길이 있다.

일주일에 1~2회 정도 관악산 둘레길을 걷는다. 코로나 때엔 마스크 때문에 답답한 감은 있었다. 하지만 오르면서 잔잔히 불어오는 바람으로 인해 답답한 마음은 잠시나마 잊을 수 있었다. 등산으로 만족감을 느낀다. 행복하다. 세상을 다 가진 듯하다. '등산'이라는 작은 투자를 하는 이유는 장애를 이기기 위한 것도 있지만 더 높은 산을 오르기 위해서다. 물론 소백산, 지리산 노고단, 제주 송악산 둘레길도 다녀왔지만, 더 높은 산도 오르고 싶다. 그날을 위해서 주위의 작은 산부터 정복하고 있다. 물론 관악산도 큰 산이다. 둘레길을 매주 걷다 보면 관악산보다 더 큰 산도 정복할 수 있으리라는 자신감이 솟아난다. 산에 가는 것은 작은 투자이

다. 이 작은 투자를 통해 생활 가운데 일어나는 어려움과 불편함도 이겨
낼 수 있다. 산도 오르는데 산보다 작은 어려움이라고 지레 겁을 먹고 포
기할 수는 없지 않겠는가.

　매일 책을 읽는다.
　책 속에서 삶의 지혜를 얻는다. 지혜를 간직만 하지 않고 실천한다. 실
천 없는 독서는 시간 낭비이다. 실천을 겸한 독서야말로 작은 투자를 하
는 것이다. 많은 것을 실천하지 않아도 된다. 책에서 한 가지만이라도 실
천한다면 책 전부를 읽은 것이나 마찬가지다. 몇 권의 책을 읽었느냐가
중요한 것이 아니다. 그 책을 통해 무엇을 배웠고 무엇을 실천했는가가
중요하다. 연말이 되면 올해 책을 몇 권 읽었는지 세어 본다. 블로그를
적을 때 읽은 권수를 적는 것도 좋다. 하지만 한 해 동안 읽은 책을 통해
배운 것, 적용한 것을 함께 적는다면 금상첨화 아니겠는가. 독서는 자신
을 위한 투자이다. 책 속에서 금광을 캘지 그 누가 알겠는가. 오늘도 금
광을 캐기 위해 책을 읽는다.

　독서는 자동으로 글쓰기에도 연결이 된다. 책을 읽으면 글을 쓸 때 도
움이 된다. 책을 읽을 때 저자는 어떤 식으로 글을 적었고, 어떻게 글을
전개하고 있는지에 초점을 맞춰 읽는다. 그리고 그 방식을 그대로 따라
한다. 그러다 보면 글을 쓰는 기술이 늘어난다. 매일 꾸준히 글을 쓰고

있다. 글을 쓰다 보면 모든 부정적인 마음이 긍정적인 마음으로 바뀐다. 쓰다 보면 해결되어야 할 일이 해결되기도 한다. 글쓰기 스승 이은대 작가의 신간 『일상과 문장 사이』는 읽고 쓰는 데 도움을 준다. '이렇게 쓰면 됩니다.'라는 가이드라인을 제시해 준다. 읽고 쓰는 삶을 살고 있다. '쓰는 삶'이라는 작은 투자를 통해 자신을 성찰할 수도 있어서 좋다. 매일 쓴다. 그리고 성장한다. 글 쓰는 걸로 작은 투자를 하고 있다.

만족한 삶을 살고 싶어 하는 이들이 많다. 돈과 명예로 만족할 수도 있다. 하지만 '매일 하는 것이 자기 자신이다.'라는 말이 있듯이 매일 하는 작은 행동으로 만족할 수 있다면 그것보다 행복한 것은 없다고 생각한다. 소소하게 하는 것이 만족감을 준다. 삶 속에서 대단한 것을 바라지 말았으면 한다. 살아가며 작은 행동으로 만족감을 얻을 수 있다면 어떤 어려움도 이겨낼 수 있고 헤쳐 나갈 수 있지 않을까. 오늘도 작은 행동으로 만족한 삶을 살아 본다. 책을 읽고 글을 쓴다. 운동하고 간간이 등산도 한다. 그것 자체로도 만족이 된다. 그리고 그 만족이 행복을 준다.

3

이불킥은 나를 성장시키는 촉진제

기억하고 싶지 않은데, 기억난다.

어릴 적 친구들의 따돌림과 괴롭힘, 어눌한 말을 따라 하던 친구들 모습. 친구들에게 내 걸음걸이와 말투를 따라 하지 말라 했지만, 역부족이었다. 휠체어에 앉아서 내두른 주먹은 매번 헛방이었다. 날쌘 친구들이 먼저 피했다. 당할 재간이 없었다. 한참 닿지 않는 주먹을 날리다 못내 포기한 적도 수없이 많았다. 지워버리고 싶은 기억이 나를 옭아맸다. 낮에 학교에서 있었던 일은 집에 가서도 생각났다. 그러면서 화살은 나를 향했다.

'나는 왜 팔에 힘이 없어 주먹 한 번 날리지 못했지?'
'나를 괴롭히는 친구들이 밉다!'

'내 말을 따라 하는 친구들에게 당당히 따라 하지 말라 하는데 왜 그때뿐인가?'

매일 밤, 이불을 적시며 울었다. 부모님은 알면서도 위로해 줄 수 없었다. 외갓집이 경상북도 진주에 있다. 진주에는 '혜광학교'라는 특수학교가 있었다. 거기에 1년 동안 다녔다. 그러다가 고향인 전북 임실군 오수에 있는 일반 초등학교로 옮긴 뒤, 친구들은 자기들과 다른 모습을 가진 나를 처음에는 원숭이 쳐다보듯 했다. 모습이 이상했나 보다. 그러면서 짓궂은 장난을 했다. 휠체어에서 내려 기어 보라거나 걸음걸이를 따라 하며 따라왔다. 하지 말라는 내 목소리는 울리는 메아리로 돌아왔다. 밤마다 눈물로 지샜다.

사회생활을 시작하면서 또 다른 난관에 부딪혔다. 나름 일해 보겠다고 들어간 회사에서 늘지 않는 업무 스킬로 힘들었다. 자주 하는 실수로 출근길은 매일 무거웠다. 상사 앞에만 서면 주눅이 드는 모습, 일을 시키면 못 하는 걸 보고 자신이 하겠다고 말하는 상사, 잘해 보겠다고 시작하지만, 나도 발견하지 못한 실수를 잘도 찾아내는 상사에게 꾸중을 들었다.

"진행 간사는 이런 자잘한 것도 못 하냐?"
"나는 보이는데, 진행 간사는 안 보이나 봐?"

고개 숙인 나를 보며 이런저런 말로 위로를 하는 팀장, 동료의 말은 질책을 받았을 때는 들리지 않았다. 계속 시무룩해 있는 나를 본 팀장은 어깨를 두드리며 나가서 이야기하자 했다. 캔 커피를 뽑아 주며 사람은 실수하면서 배우는 거니 두려움을 떨쳐버리라며 용기를 주었다. 위로되었지만, 퇴근하고 집에 가면 일을 잘못해 힘이 빠진 채 고개 숙인 모습이 생각났다. 그러면서 자책했다.

'왜 나는 주눅이 드는 걸까?'

'당당히 나가서 뭐가 잘못되었는지 알아 나가면 되는데 무엇이 두려웠을까?'

'왜 매번 실수하는 나를 인정하고 시정해 나가려 하지 못했을까?'

밤마다 이전 일을 생각하며 이불킥을 했다. 실수한다고 두려워하거나 낙심했다. 요즘 집에서 재택근무를 하며 자잘한 실수를 종종 한다. 실수하는 건 예나 지금이나 달라지지 않았다. 그러면서 출퇴근하며 지낸 때를 회상하면서 '나는 왜 달라지지 않았지?' 하며 또 자책한다. 실수하는 행위에 초점을 두며 일을 하는 것 같았다. 실수나 실패는 성장을 위한 도구라는 걸 알고부터는 재택근무를 하거나 생활 속에서 일으키는 실수는 두려워하지 않았다. 재택근무라 바로 수정해 다시 보내겠다고 말하니 그렇게 하라고 말해 주어 고맙다. 일을 맡기고 난 후, 자기가 지시한 대로 하지 않았다고 다른 일 하라며 자기가 하겠다고 말한 그 상사가 생각난다. 기회를 한 번 달라고 말했으나 차갑게 말하며 주지 않았던 모습이 기억난다. 자취 생활을 했던 당시, 그 작은 방에서 남모르게 눈물을 흘렸다. 상사에 대한 원망의 눈물이기도 했지만, 나를 향한 눈물이기도 했다. 눈물로 이불을 적신 날이 많았다. 다음 날 연구원에 가면 친하게 지내는 직원들이 무슨 일 있었냐고 물어보았다. 아무 일도 아니라고 말했지만, 사실 말하고 싶었다.

친구들에게 따돌림과 괴롭힘 당한 날이 기억난다. 매일 실수투성이로 가득한 회사 생활이 생각난다. 온종일 스친다. 당시 드러났던 화가 난 원망의 감정이 올라온다. 잊어버리자 매번 되뇌지만, 하루 지나면 떠오른다. 나에게 비난을 하면서 타인보다 못하게 나를 대했다는 생각이 든다. 전략이 필요해서 이런저런 생각을 하다가 아래와 같이 다짐했다.

'있는 그대로의 나를 인정하자!'
'타인의 시선에 신경 쓰지 마!'
'나를 믿고 응원하면 되는 거야!'

이런 말을 매일 생각한다. 강해져야 했다. 나에게 집중해야 했다. 남의 시선에 동요되지 않고 오로지 나를 바라보며 지내니 편하다. 지나가다가 동네 아이들이 내 모습을 따라 하는 게 느껴지면 뒤돌아보지 않는다. 일이 서툴다고 나를 탓하지 않는다. 다시 하겠다고 말하고 다시 한다. 당당히 말한다. 이젠 더는 밤마다 그날 실수나 잘못으로 나를 탓하지 않는다. 기억하지 않고 그걸 성장의 계기로 삼는다. 이젠 내 삶에 이불킥은 없다. 영원히 굿바이다!

5

어제보다 더 나아질 '나'를 위해

회사 다닐 때 실수하지 않는 사람이 과연 몇이나 될까?

사람은 실수하며 배운다. 실패하며 그 실패 속에서 배우는 사람이야말로 완벽으로 가는 사람이다. 아기가 태어나자마자 걷기 시작하면 그것만큼 기상천외한 일이 있을까? 아기는 태어나 처음에는 기어다니지 못한다. 엄마의 보살핌 속에서 걷기 전까지 지낸다. 우리의 인생도 갓 태어난 아이와 같이 처음에는 미숙하다. 물론 면접 볼 때는 다 잘하는 것처럼 이야기하지만 막상 회사에 입사하면 자그마한 실수는 하지 않는가?

걷기 연습을 하면서 자주 넘어졌다. 걸어야 한다는 절실한 마음이 있었다. 걷기 연습을 한 첫날, 한 발 내딛기도 힘들었다. 이런 생각을 해 본다.

'만약 걷기 연습을 한 첫날, 기적적으로 걷기 시작했다면 얼마나 자신만만했을까?'

그런 기적은 일어나지 않았다. 매일 넘어져 무릎이 까지고 나서 한 달 뒤에 걷기 시작했다. 처음부터 완벽을 기대하며 나아가는 것은 좋다. 하지만 살다 보면 넘어지고 까지고 하는 인생이 반복된다. 큰 기대로 완벽을 바라며 진행했는데 일이 뒤틀어지면 실망하고 마음마저 다치는 경우를 주위에서 본다. 만약 첫날 걷기 연습을 했는데 못 걸으니 절망하고 포기했더라면 지금 모습을 그려볼 수 있었을까.

"첫날 못 걸었다고 절망하지 마라! 내일도, 그다음 날도 또 연습하면 돼!"

아버지의 말이다. 그렇다. 처음에 안 되었다고 주저앉으면 안 되었다. 당시 첫날 걸어서 완벽하게 걸어 나가는 모습을 기대했다. 하지만 걷기 연습을 하며 인생을 살아가는 법을 배웠다. 매일매일의 치열한 도전이 모여 완벽을 향해 나아갈 수 있다는 걸 아버지는 알려주려 했나 보다.

회사 다닐 때 일이다.

자잘한 실수를 많이 했다. 사회복지법인 해든과 마포장애인자립생활센터 다닐 때 제일 힘들었던 건 발신 문서와 내부 문서 작성이었다. 문서를 작성해 보고서를 올리면 국장은 이렇게 말했다.

"진행 간사는 이런 문서도 제대로 못 적냐?"

반려를 수없이 받았다. '다시, 다시'가 반복되었다. 뭐가 문제인지 알려
주지 않고 '다시'라고 말한 적도 있다.

"뭐가 문제인지 말씀해 주십시오!"

이렇게 말을 하면 이런 답변이 돌아왔다.

"그건 진행 간사가 찾아야지."

결국 찾아내서 수정해 올렸다. 국장은 잘했다는 말 한마디 하지 않고
서명만 하고 결재판을 넘겼다. 국장은 완벽을 기대한 것이었다. 어느 부
분이 왜 틀렸는지 말을 해 주었으면 했다. 내가 찾아야 한다는 말로 완
벽한 인간을 만들고 싶었던 것 아니었나. 그 국장도 처음 일을 시작할 때
실수를 했을 것이다. 자신이 한 실수를 직원들이 하지 않았으면 하는 바
람으로 그리하신 것 같은데, 당시에는 이해가 되지 않았다. 만약 직원들
이 같은 실수를 반복하기를 바라지 않았다면 알려 줘야 하지 않았을까.

아마도 처음 직장에서 상사에게 보고서를 올리면 '다시, 다시' 하는 것만 배우지 않았을까 하는 생각이 들었다. 국장과 일을 하면서 제대로 된 대화를 못 해 본 것이 안타까웠다.

세상에 완벽한 사람은 없다.

한 나라의 대통령, 혹은 대기업을 이끌어 가는 회장도 실수는 한다. 사람들은 어느 한 부분이 늘 부족한 채로 살아간다. 그 부족한 부분을 인정하는 것. 그리고 부족한 부분을 배우려는 노력. 이것이 바로 지성인의 자세가 아닐까?

연거푸 실수했다. 이런 상황에서 형편없는 사람이라는 인식을 가졌던 것은 사실이다. 실수하면 자신감이 떨어졌다. 같은 실수를 반복하면 갈수록 줄어야 하는데 '실수하면 안 된다.'는 강박관념이 있었다. 사회복지법인 해든에서 같이 일한 팀장이 해 준 말은 아직도 위로가 된다.

"진행 씨, 실수해도 괜찮아요. 주눅 들지 말아요!"

그 말이 어찌나 힘이 되었는지 모른다. 팀장의 말은 완벽해지려 노력하지 말라는 말로 들렸다. 팀장은 국장에게 혼나고 나오는 나를 늘 다독여 주었다. 팀장의 위로를 받고 늘 생각했다.

'주눅 들지 말자. 실수해도 당당히 고개 들고 나가자!'

이렇게 생각해도 실수는 줄여 나가야 했다. 아마도 그 팀장은 이런 것을 알려주려고 한 것이었을 것이다.

성경에 이런 말씀이 있다.

"보소서, 주께서 내 날들을 손 너비만큼 주셨으므로 내 연수가 주 앞에서는 없는 것 같사오니, 진실로 가장 좋은 상태에 있는 모든 사람도 다 헛될 뿐이니이다." (시 39:5)

위 말씀은 아무리 훌륭한 사람이라도 다 흠이 있다는 것이다. 완벽하다고 하더라도 어딘가에는 완벽하지 않은 부분이 있다. 완벽을 기대하되한 단계 나아지도록 도와주면 좋겠다. 위에서 말한 팀장은 일을 잘하기를 바랐지만, 실수를 만회할 기회를 주었다. 그만큼 나를 믿어 준 것이었다. 그 믿음이 없었더라면 그 직장에서 버티지 못했을 것이다. 계약 종료로 인해 나오긴 했지만 좋은 상사와 일을 해서 좋았다.

넘어져도 일어나 걸었다. 앞에서 격려해 주는 아버지가 있었기에, 일어나 걸어 나갔다. 이때 경험이 실수하고 실패한 사람을 어떻게 대해야 하는지 알게 해 주었다. 가능한 "큰일 날 뻔했네. 경험이라고 생각하고 다시는 실수하는 일이 없도록 하게.", "한 사람의 실수로 많은 사람이 다칠 수 있네. 자네는 아주 중요한 일을 하고 있다는 사실을 명심하게."라는 말로 격려해야 한다는 작은 깨달음을 얻었다.

작게나마 잦은 실수를 한다. 완벽하지 않아도 나아간다. 발음 연습을 하고 글을 쓴다. 발음이 엉성해도, 글솜씨가 늘어나지 않아도 실망하지 않는다. 완벽하지 않아도, 어제보다 나아진 모습을 상상하며 그날 할 일을 한다.

6

바닥을 치는 자존감과 만났을 때

장애로 인한 아픔은 나를 바라보게 했다. 나는 어떤 존재인지, 앞으로 어떤 삶을 살 것인지 생각하게 해 주었다. 그러면서 장애를 가지고 사는 모습을 보며 부정적인 마음을 가졌던 것이 사실이다.

'친구들은 나를 왜 괴롭히지?'
'나는 왜 장애를 가지고 태어났지?'

아무 쓸모없는 존재, 가치 없는 존재라는 생각이 늘 자리했다. 친구들은 휠체어에 의존한 나에게 휠체어에서 내려와서 기어 보라는 말만 했다. 그 말은 견딜 수 없는 고통과 아픔을 주었다. 갚아 주고 싶었다. 하지만 힘이 없었다.

매번 말한다. 아버지와 함께 걷기 연습을 했다고. 아버지는 학교에서 근무하셨기에 아마도 아들이 친구들에게 좋지 않은 시선을 받고 있다는 사실을 알고 있었을 것이다. 친구들은 아버지가 학교에 계셨음에도 괴롭혔다. 아버지는 한두 번 친구들을 혼내 주었다. 하지만 아버지가 보이지 않으면 전처럼 행동했다. 아버지는 도저히 안 되겠다 싶어 걷기 연습을 하게 하신 것이다.

아버지는 떨어진 내 자존감을 알고 있었을 것이다. 걷기 연습을 시켜서 걷게 해야겠다는 굳은 집념이 있으셨다. 결국 그 집념이 아들을 걷도록 만들었다. 아버지는 걷기 연습을 같이하며 이런 말을 하지 않으셨다.

'이진행, 이러니 친구들에게 조롱당하지.'

만약 이런 말을 들으며 걷기 연습을 했다면 아마 걷지 못했을지도 모른다. 아들의 아픔을 알기에, 그리고 아들이 걷기를 바랐기에 그러셨다. 늘 아버지는 이런 말로 아들의 떨어진 자존감을 세워 주었다.

"넘어져도 괜찮아! 아버지만 바라보며 걸어오면 돼! 한번 해 보는 거야!"

아버지가 해 준 말이 떨어진 자존감을 세워 주었다.

'진행이 네가 걷는 것만으로도 너를 조롱한 친구들을 이긴 거야. 당당히 걸어서 그 친구들에게 보여줘. 그것이 진정한 승리야!'

무뚝뚝한 아버지는 마치 이렇게 말을 하는 것 같았다. 친구들의 괴롭힘으로 자존감은 바닥을 치고 있었다. 하지만 걷기 연습을 하며 아버지가 해 준 말로 자존감을 회복해 나갔다.

"네 존재만으로도 사랑받을 자격이 있다는 것! 기억해라!"

아버지는 걷기 연습을 함께하며 나의 존재 가치를 알게 했다. 얼마나 소중한 존재인지 알게 해 준 고마운 아버지에게 감사함을 전한다. 비록 하늘나라에 계시지만 이 글을 보지 않으실까 하는 마음이 든다.

강사가 꿈이었다.
현재 작가와 더불어 강사의 삶을 살고 있다. 2016년 11월 28일, 대학로에 있는 도향아트홀에서 감사 콘서트를 진행했다. 콘서트 전부터 감사 인터뷰를 진행하고 있었다. 콘서트 목적은 강사의 꿈을 이루고 싶어 한 나를 위해서였다. 더불어 그동안 감사 인터뷰에 응해 준 분에게 고마움을 전하는 자리이기도 했다. 감사 콘서트 후 연락이 왔다. 콘서트에 온 분이었다. 강의할 기회를 주겠으니 한번 해 보겠냐고 물어보았다. 기회를 놓치고 싶지 않았다. 망설일 필요가 없었다. 해 보겠다고 답변을 했다.

첫 외부 강의를 한 날은 귀가 얼얼할 정도로 추운 날씨였다. 막상 강의하려고 하니 강의 전부터 가슴이 두근두근 떨렸다. 강의 기회를 연결해 주신 분이 내 어깨를 두들겨 주면서 한마디 해 주었다.

"진행 강사님, 떨리세요? 떨지 마세요. 시험 무대라 생각하고 해 보시는 거예요. 잘하실 거예요."

강의 전에 그 말을 들으니 조금은 나아졌다. 하지만 강의가 시작하고 나서 자존감이 떨어지는 것을 느꼈다. 직원들이 내 강의를 잘 듣는 분도 계셨지만 귀찮아하는 표정을 짓는 분들도 보였다. 상관하지 않고 강의했지만 내내 불편했다. 강의를 마친 후, 강의를 연결해 주신 분의 한마디가 자존감을 세워 주었다.

"진행 강사님, 제가 보기에 오늘 잘하셨어요. 좋은 강사가 될 것입니다. 직원들 얼굴에 기분 상해하지 마세요. 강사는 그런 것도 잘 견뎌야 해요."

강의를 듣는 사람들 태도로 인해 기분은 좋지 않았다. 몇몇 사람들이었을 뿐이다. 강의를 잘 들어준 사람들 표정만 생각하기로 했다. 집으로 오며 들었던 생각은 이랬다.

'그래! 강의할 때, 청중 표정으로 마음을 불편하게 만들지 말자!!'

추운 날씨였지만 마음만은 따뜻한 귀갓길이었다.

바닥을 치는 자존감과 만났을 때가 있다. 이럴 때 어떻게 극복할 수 있을까?

첫째, 온전히 나를 만날 수 있는 여행을 추천한다.

지긋지긋한 현실에서 도망가라는 의미가 아니다. 여행을 통해 더 많은 세상과 사람들을 만날 수 있다. 그런 만남이 바닥을 쳐 버린 자존감을 회복해 주리라 믿는다. 나와 온전히 만나며, 다른 이들의 긍정적인 기운을 받고 돌아오면 활기찬 자존감으로 살아갈 수 있지 않을까.

둘째, 자존감이 바닥 칠 때, 책을 읽는 것도 좋을 듯하다.

이때 긴 글이 아닌 짧은 글을 읽는 것을 추천한다. '좋은 생각' 같은 짧은 글이 나온 월간지를 읽는 것이 좋다. 아니면 자존감을 회복한 인물 이야기가 담긴 책도 좋다. 그 사람은 어떻게 자존감을 회복했는지 알아보는 거다. 그걸 따라 하다 보면 실추된 자존감도 회복할 수 있을 것이다.

친구들의 따돌림으로 자존감은 늘 바닥이었다. 강사가 꿈이어서 지인이 연결해 준 강연에서 청중 반응으로 인해 자존감은 다운되었다. 이때 '역시 나는 걷기 연습을 해도 안 돼!', '나는 최고의 강사를 꿈꾸지만, 사람들 시선이 두려워! 강사 하는 게 두려워!'라고 생각했더라면 자존감은 더 떨어졌을 것이다. 최악이라 생각하는 마음을 내려놓는다. 바닥을 쳐도 끝까지 나를 지켜 주는 건 나 자신뿐이다. 그렇기에 자존감을 지켜 낸다. 나를 지키고 남에게 휘둘리지 않고 온전히 나로서 살아간다.

7

작심삼일로 주도적으로 사는 법

"오늘부터 매일 청소한다!"

"오늘부터 매일 글 써야지!"

매일 다짐을 했다. 하지만 며칠 가지 못했다. 그 다짐이 3일을 못 갔다. 3일도 가지 못해 무너졌다. 다짐뿐이었다. 말만 하지 말고 행동을 해야 했다. 그러지 못했다. 중학교에 다닐 때만 해도 지저분하게 방을 사용했다. 어머니는 매일 잔소리를 하셨다.

"진행아! 방 꼬락서니가 뭐니? 치우면서 살아라!"

"예, 알았어요!"

"대답만 하지 말고! 이 녀석아!"

어머니 말을 듣고 이틀은 청소했다. 하지만 3일째 되는 날, 이전 상태로 돌아갔다. 청소하겠다는 다짐이 3일도 못 가서 무너졌다. 그러면 어머니는 한 소리 하셨다.

"어떻게 굳게 한 다짐이 3일 이상을 못 가니?"

어머니 말에 잠시 정신이 들었다. 하지만 며칠 후엔 도루묵이었다. 다시 방은 청소하기 전으로 돌아갔다.

매일 글을 쓰고 있다. 2021년 6월, 『마음 장애인은 아닙니다』 출간 이전에는 한 페이지 채우는 것조차 마음대로 되지 않았다.

"한번 마음 단단히 먹고 써 보자!"

마음만 먹는다. 막상 쓰려면 흰 바탕 앞에서 머뭇거렸다. 키보드만 탁탁 하며 건드릴 뿐이었다. '써 보자.'라고 다짐하고 쓰기 시작했지만, 3일을 못 가서 포기해 버렸다. 나라고 처음부터 완전하지는 않았다. 처음에는 쓰다 안 쓰다를 반복하다가 기회를 만났다. 어느 날, 『땡큐 레터』를 쓰신 신유경 작가에게 톡을 받게 된다.

"진행 대표님! 이번 주 토요일에 저자 강연회가 있는데 같이 가실래요?"

"아! 그래요! 저 갈래요!"

신유경 작가는 톡으로 시간과 장소를 보내줬다. 저자 강연회가 열리는 토요일에 약속 장소로 갔다. 도착하니 저자 강연회 준비로 분주해 보였다. 신유경 작가보다 먼저 도착했다. 한참 후에 나타난 신유경 작가는 반갑다는 말을 전했다. 같이 앉아 강의를 들었다. 작가 두 분의 강연을 듣고 책에 사인을 받았다. 사인하는 작가 모습을 보며 나도 저렇게 사인하는 작가가 되고 싶다고 생각했다.

저자 강연회 후 뒤풀이가 이어졌다. 그냥 가려다가 뒤풀이 때 무언가 좋은 일이 있을 것 같아 참석했다. 뒤풀이 장소 한쪽에 저자 강연회에 오신 분들이 모두 앉았다. 이날 만난 분이 이은대 작가다. 이 작가는 자리마다 돌아다니며 이야기를 나누었다. 내가 있는 자리에 와 명함을 드리며 인사했다.

"안녕하세요! 저는 이진행이라고 합니다."

"아! 반가워요."

옆에 함께한 다른 작가가 이은대 작가에게 말을 했다.

"작가님, 진행 대표님이 글을 쓰고 있대요."

이은대 작가는 그 말을 듣고 이리 말했다.

"혹시 모르니 지금 쓰고 있는 원고, 저에게 보내 주실 수 있으세요?"

"네."라고 대답은 했다. 그날 집으로 돌아가서 차마 보내지 못했다. 남에게 보여 줄 원고가 아니었다. 겨우 열 꼭지 쓴 원고를 보내 줄 수가 없었다. 쓰고자 하는 마음이 있었으나 쓰다가 포기하기를 반복하고 있었다. 그러던 차에 밑져야 본전이라는 생각으로 이은대 작가에게 연락해 보려고 명함을 찾았으나 보이지 않았다. 어떻게 할까 생각하다가 이은대 작가 수업을 듣고 있는 황상열 작가에게 연락했다. 연락처를 알아내 만나고 싶다는 톡을 보냈다. 이은대 작가를 만나서 상담을 받았다. 책을 출간하고 싶다고 했다. 이은대 작가는 고개를 갸우뚱했다. 한참 후, "그래, 한번 같이해 봅시다!"라는 긍정의 답변을 했다. 그날 바로 수업을 듣게 되었다. 수업을 듣고 나니 글쓰기가 훨씬 나아졌다. 글쓰기도 배워야 한다는 걸 알았다. 『마음 장애인은 아닙니다』는 이렇게 출간되었다. 당시에는 멋지게 사인하는 작가가 되고 싶은 마음이 있었다. 이은대 작가의 수업은 사인하는 작가가 되고 싶다는 생각을 넘어 매일 일상을 글로 남기는, 날마다 글을 쓰는 작가로 살아야겠다는 마음을 가지게 해 주었다.

어릴 적 초등학교 때, 방학 숙제 중에는 일기 쓰기와 탐구생활이 있었다. 방학하기 전부터 이렇게 다짐을 했다.

"이번 방학에는 매일매일 일기를 빠뜨리지 않고 써야지."

계획은 계획일 뿐이었다. 방학 첫날을 시작으로 2~3일 동안 일기 쓰기와 탐구생활을 빼놓지 않고 했다. 3일 이후 밀리기 시작했다. 그러다가 개학을 며칠 앞두고 벼락치기를 했다. 결국은 개학 전날까지 끝내지 못해 제출을 못 한 적이 한두 번이 아니었다.

작심삼일!

무엇을 하든지 3일을 가지 못해 무너졌다. 하지만 우리 인생 마음먹는 대로 되지 않는 날이 많지 않은가. 3일에 한 번씩 마음먹을지라도 무너짐을 반복한 나였다. 작심삼일을 밥 먹듯이 했다. 작심삼일 했다고 포기하지 않았다. 삼일마다 다시 새롭게 결심하고 움직였다. 삼일마다 마음을 먹어 계속하게 만드는 원동력을 만들었다. 다시 시작하고자 하는 마음이 있다면 작심삼일쯤 아무런 걸림돌이 아니다. 한 번뿐인 인생이다. 이제는 삼일마다 새롭게 마음먹는다고 '나는 뭘 해도 안 되는구나.' 하는 생각에 끌려다니지 않으려 한다. 3일째 무너졌다고 해도 마음만은 무너지지 말았으면 한다. 멈추었던 부분, 넘어졌던 곳에서 다시 이어나가면 작심삼일 따위는 신경 쓸 필요 없다. 넘어지면 자책하지 않고 일어나 걸어 나갔던 당당한 어릴 적 내 모습처럼, 주도적으로 삶을 이끌어 나간다.

8

실수해도 괜찮다! 다시 하면 된다

"진행씨는 이런 것도 못 해!"

국장에게 작성한 문서를 제출하니 이런 답변이 돌아왔다. 뭐가 잘못된 것인지도 말을 해 주지 않았다. 스스로 알아차리라는 것이었다. 아무리 봐도 잘못된 부분이 없었다. 문법도 맞았다. 한참을 문서를 확인했지만, 눈에 들어오지 않았다. 국장에게 물어보았다.

"국장님! 어디가 문제인지 도통 모르겠습니다."

국장은 내 얼굴을 쳐다보더니 짧게 한마디만 하셨다.

"숫자!"

그 말을 듣고 문서를 다시 보니 숫자가 맞지 않았다. 그 문서는 지출 내역서를 첨부한 내부 문서였다. 첨부된 지출 내역서는 보지도 않고 내부 문서 내용만 본 것이었다. 작은 실수였다. 수정해서 올렸더니 국장은 그때서야 얼굴을 풀었다.

"이렇게 잘하면서 왜 안 하는 거야?"

국장은 혼자 해결해 보라고 '숫자!'라고 차갑게 말했는지도 모른다. 단어 하나만 말해 주는 국장 얼굴이 아직도 눈에 선하다. 그 후로 작은 실수는 줄여 나가려고 노력했다. 국장에게 혼나는 일이 다반사였지만, 잦은 실수에도 불구하고 어떻게 해서든 해결해 보려는 의지를 보여 주었다.

전자부품연구원 다닐 때였다. 총무인사실에서 1년, 재무관리실에서 1년 3개월을 일했다. 총무인사실에서는 직원들 인사기록부 관리 및 기타 잡다한 일을 했고, 재무관리실에서는 재무 관련 서류를 스캔해서 철을 하는 작업을 했었다. 총무인사실에서는 지방 출장할 때 유류비를 포함해 출장비를 예상해 보고서를 써 보라는 지시에 잘못된 보고서를 쓴 것 외에 실수하지 않았다. 하지만 재무관리실에서는 종종 실수가 있었다. 스캔 업무를 하기 전 문서에 스테이플러가 있으면 제거한 후 스캔해야 했다. 그런데 종종 스테이플러를 제거하지 않은 문서가 들어가 있는 바람에 문서가 뒤엉키는 일이 일어났다. 당시 나를 바라보는 재무관리실 실장의 눈빛이 그리 좋지 않았다. 그저 한심한 눈빛으로 바라볼 뿐이었다. 사람은 좋아 보였다. 하지만 다른 직원들 대할 때와 나를 대하는 모습은 달랐다. 실장이 차라리 이렇게 말을 해 주었더라면 얼마나 좋았을까 생각했다.

"이진행 씨! 문서 엉키지 않게 조심해 주세요!"

이렇게 말을 해 줬더라면 마음만은 편했을 것이다. 하지만 말은 점심시간 때 밥 먹으러 가자는 말 이외에는 없었다. 매번 확인을 정확히 하고 스캔을 했지만, 실수를 종종 했다. 다행히 실장은 연구원을 퇴직하는 날, 무겁게 대해서 미안하다는 말을 전해 주었다. 그러면서 조언을 해 주었다.

"다른 데 취업하면 실수하지 말아요!"

그 말을 들으니 그동안 차갑게 대해 준 실장에 대해 가졌던 좋지 않은 마음이 사그라졌다. 연구원에서 마지막으로 일하고 나온 날 발걸음이 가벼웠다.

『나는 매일 치열하게 살아갑니다』에서도 말한 바 있는 마포장애인자립생활센터에서 있었던 일이다. 거기서는 매년 사업에 대한 감사를 받았다. 감사 준비 기간에는 6시 정각에 퇴근을 못 했다. 철저히 준비해야 했다. 빠진 서류는 없는지, 첨부 서류가 누락되지는 않았는지 꼼꼼히 살펴봐야 했다. 당시 나는 '휠체어 보장구 청소 서비스'라고 하여 마포구 지역에 거주하는 휠체어 장애인들의 휠체어를 청소해 주는 서비스 업무를 맡아서 하고 있었다. 매년 참여 신청서를 서비스를 받으러 오시는 분들에게 받아야 했다. 장애인 중에는 작년에도 해 주었는데 또 해 주어야 하냐며 귀찮아하는 분들도 계셨다. 매년 새로 시작하기에 또 받아야 한다고 정중히 말을 하면 해 주는 분들도 있었다. 간혹 귀찮다고 서비스를 받지 않고 가시는 분도 있었다. 증명용으로 이용자들의 복지 카드를 핸드폰으로 찍어 놓았다. 사무실에 들어가서 핸드폰으로 찍은 사진을 컴퓨터로 옮겨 놓는 작업을 했다. 그리고 철을 해 놓았다. 하지만 복지 카드를 보여 주지 않고 서비스를 받으시는 분들도 간혹 계셨다. 그분들로 인해 감사 준비 기간에 더 바빴다. 빠진 서류를 채워 놓은 줄 알았는데 서류 몇 개가 빠진 것을 발견했다. 국장은 이용자들 찾아가 받아 내서 감사 전까지 채워 놓으라고 말을 했다. 이용자들을 찾아가서 사정을 이야기하고 부탁을 했다. 하지만 이런 말이 돌아왔다.

"저번에 해 줬잖아!"

어떤 분은 작년 자료가 있지 않냐며 해 주지 않았다. 그럴 땐, 속상했다. 결국에는 몇 번 찾아가면 마지못해서 해 주기도 했다. 국장에게 "이 간사! 끝까지 찾아가서 받아 내야 해!"라는 말을 들으면서 끝까지 받아 냈지만, 실수는 줄어들지 않았다.

실수 많은 인생이었다. 실수를 많이 했다고 실패한 인생은 아니다. 실수하며 배우는 것이다. 때로는 실수가 자신을 성장시키기도 한다. 스티브 잡스가 이런 말을 했다.

"우리는 많은 실수를 합니다. 그것이 바로 인생입니다.
하지만 그런 실수들은 결국 새로워지고 창조적이게 됩니다."

사람은 누구나 실수한다.

실수하지 않는 완벽한 사람은 없다. 작은 실수든, 큰 실수든 살아가면서 한 번씩 해 봤을 것이다. 그러면 실수는 하지 않아야 하는 것이 중요한가? 아니면 실수 후에 변화가 중요한가? 실수하지 않는 것도 중요하지만 실수 후에 작은 변화라도 있어야 하지 않을까? 실수를 통해 무언가를 배우는 것이 필요하다. 더 나은 결과를 만들려는 자세를 가져야 한다. 스티브 잡스 말에 전적으로 동의한다. 실수하지 않기 위해 딱 정해진 대로만 척척 해내는 것도 물론 중요하지만, 실수했다고 해서 뭐 대단한 큰일이 난 것처럼 굴 필요도 없다. 실수하더라도 그 실수를 통해 새로운 것을 깨닫게 되면 그 또한 괜찮지 않은가. 실수를 통해 성장하는 것이다.

실수해도 괜찮다. 그러니 실수할까 겁나서 아무것도 시도하지 않는 사람이 용기 없는 자다. 실수하는 게 문제가 아니라 실수했음에도 깨닫지 못하고 같은 실수를 반복하는 게 문제다. 앞에서 말한 경험은 실수 잦았던 사람이라는 걸 입증한다. 완벽한 사람이 아니었다. 하지만 실수 후 무능력하다고 생각했다면 실수를 통해 아무것도 배우지 못했을 것이다. 실수했다고 무능력한 것은 아니다. "경험은 실수를 대가로 더디게 교훈을 준다"라는 제임스 A 프루드의 말처럼 실수를 통해 성장한다면 그 또한 괜찮다. 그러니, 실수해도 괜찮다! 작게, 아니면 크게 실수하며 살아간다. 그렇다고 자책하지 않는다. 오히려 실수를 통해 배우면서 줄여 나가려 한다. 실수하면서 경험을 쌓아 가는 중이다.

감사 기도

좌절과 **실패**를 이겨 낼 수 있어서 감사합니다

1. 수없이 넘어지고 일어났던 걷기 연습을 하며 좌절 속에서도 다시 일어나 걸어 나갈 수 있는 무너지지 않는 굳센 마음을 주셔서 감사합니다.

2. 성공하기를 바랐지만, 성공 이전에 내가 먼저 성장해야 함을 알게 해 주셔서 감사합니다.

3. 실수가 잦았고 그 실수로 인해 자주 낙담하였어도, 마음만은 강해져야 함을 알게 해 주셔서 감사합니다.

4. 타인의 시선이 아닌 나에게 집중하며 성장할 수 있는 계기를 주어 감사합니다.

제2장

불편함을 이겨 낸
직장인의 이야기

1

몰아치는 일 사이에서 나에게 집중하기

"오늘도 늦게 퇴근하겠구나."

한숨이 나왔다. 출근하는 발걸음이 무거웠다. 다시 집으로 돌아가고 싶었다. 그래도 출근은 해야 했다. 어떤 하루가 펼쳐질지 눈앞에 그려졌다. 매일 똑같은 업무에, 똑같은 시간에 퇴근. 몰아치는 업무로 인하여 녹초가 되어 집으로 가는 날이 이어졌다. 집에 오자마자 씻지도 않고 잠자리에 든 날이 얼마나 되었는지!

매주 월요일, 주간 업무 회의를 했다. 보통 회의는 1시간이나 그 이상을 하는 날도 부지기수였다. 주간 업무 회의 있는 날 아침은 늘 바빴다. 내가 보고할 내용을 취합해야 했기 때문이다. 직원들이 보내 준 보고 사항을 모아 회의 자료에 넣는 작업을 했다. 그리고 나면 소장 한마디에 회의실로 모였다.

"회의 10분 전!"

다행히 10분 전에 자료 준비를 마치고 회의실에 가서 자리 세팅을 하면 회의 준비 끝이었다. 늘 회의 전에는 긴장감이 흘렀다.

'오늘은 그냥 지나갔으면 좋겠다!'

회의 시간에는 늘 주눅이 들었다. 저번 주에 달성하기로 한 목표에 도달하지 않았다면 소장과 국장의 꾸지람은 단골이었다.

"진행 간사! 일을 이렇게밖에 못 해! 목표치에 미달이잖아!"

일주일에 한 번, 센터 근처 아파트 단지 내 공원에 지역 장애인을 위한 휠체어 보장구 청소 서비스를 하러 갔다. 사업 계획서에 나와 있는 사업 목표에 도달하려면 열심히 해야 한다는 말이었다. 국장이 한마디 더 했다.

"감사받기 전에, 목표치에 도달해야 하잖아. 책임지고 채워 놓도록 해!"

긴장으로 시작하는 월요일. 회의를 마친 후 쉴 여유는 없었다. 바로 일을 시작했다. 주간 회의 때 지적받은 사항을 해결하는 동안은 다른 일을 거들떠보지도 못했다. 하지만 바쁘게 일을 하는 걸 보면서도 다른 일을 부여하는 국장님. '저 지금 할 일이 많은데요.'라고 말하지 못하고 시킨 일을 했다. 지금 할 일 많다고 하면 '일을 똑바로 해 놨어야지!'라고 말할 걸 알기에 아무 말 없이 했다. 매일 같은 일이 반복되었다. 이렇게 매일 실수가 이어지고 9월 감사철이 되면 같은 일을 반복하였다. 감사받기 전에 빠진 서류 채워 놓고, 지역 장애인들에게 염치없는 부탁을 하곤 했다. 오히려 일이 쌓이도록 만드는 건 아닌지 하는 생각도 들었다. 퇴직하며 소장에게서 들은, 다른 회사로 옮기면 잘할 거라는 칭찬은 그동안의 실수를 잊게 해 주었다.

사회복지기관이나 연구원 등에서 일해 왔다. 연구원에서는 다른 직원들의 일을 도와주는 일을 했다. 총무인사실과 재무관리실에서 일했다. 총무인사실에서는 우편물 관리와 직원들 인사 변동 시 서류철 작업을 했다. 재무관리실에서는 재무 관련 서류를 스캔하고 철을 해 놓는 작업을 했다. 인사실과는 달리 재무관리실은 일이 많았다. 여직원이 스캔 작업할 재무 관련 서류를 넘겨주면 스캔 작업할 때 걸릴 만한 것들을 제거해야 했다. 그만큼 꼼꼼해야 하는 일이었다. 그렇지 않으면 스캔 작업할 때 걸리곤 했다. 몇 번 아니 여러 번, 작업하다가 원본을 훼손했다. 여직원은 괜찮다고 웃으면서 얘기했지만, 표정은 아니었다. 아마 속으로 이렇게 말하는 듯했다.

'저런 간단한 작업도 못 하나?'

재무관리실에서는 일이 계속 들어왔다. 한 꾸러미의 서류를 스캔하고 나면 옆에 그것의 배가 되는 서류가 쌓여 있었다. 쉴 틈도 없이 스캔 기계를 돌렸다. 하지만 퇴근은 정시에 했다. 몰아치는 일 속에서 실수를 하긴 했지만, 연구원에서 했던 일은 일을 할 수 있다는 점에서 즐거움을 주었다. 일을 할 수 있다는 게 얼마나 기뻤는지. 그렇지만 연구원에 처음 들어갔을 때 직원들 반응은 반반이었다. 장애인이라는 편견으로 잘 해낼까 하는 반응과 잘 해낼 거라는 반응으로 양분되어 있었다. 2년 3개월의 연구원 생활은 일이 많고 적음에 상관없이 일을 할 수 있다는 것에 의미를 두고 열심히 일했다.

아무리 회사 일이 많아지더라도 불평불만의 마음을 가져서는 안 되었다. 잦은 실수로 가득했다. 그런데도 일은 많아졌다. 불평불만을 표현하지 않았다. 회사 일이 많아진다는 것은 육체적으로나 정신적으로 힘들어지게 하지만 그만큼 인정받고 있다는 증거가 아니겠는가? 몰아치는 일 속에서 나를 먼저 바라봤다. 일이 많은 상황 속에서 인내하며 일하고 있는지, 아니면 짜증을 내면서 일하고 있는지. 매일 몰아치는 일속에서 살아도 퇴근하는 차 안에서 나를 바라보는 시간을 가졌다. 아무리 일이 많아지더라도 그런 삶 속에서 나는 어떤 사람인지 알게 되는 시간이었다. 일이 많다는 것은 감사한 일이다. 자립생활센터에서 늦게 퇴근하는 일이 많았어도, 회사에서는 얼굴에 드러내지 않았다. 새벽에 일을 마치고 집으로 가는 택시 안에서 별이 반짝이는 하늘을 바라보았다. 어둠 가운데 환히 빛나는 별은 아무리 일이 몰아쳐도 빛날 내일을 기대하며 버텨 내라고 속삭이는 듯했다. 몰아치는 일 속에서도 자신을 바라보는 시간과 하늘을 바라보는 여유 정도는 가지고 살아가야 하지 않을까.

2

잘하면서 안 한단 말이야

매번 결재받기 전이면 두려움이 몰려 왔다. 좋게 넘어가길 원했다. 소장 앞에 서면 작아지는 내 모습을 늘 발견했다. 떨리는 손으로 결재 서류를 넘기면서 목소리까지 떨었다.

"소...장..님... 결재 부..탁..드립니다."

소장은 먼저 상태를 물어보았다.

"이 간사, 어디 아파?"

아픈 건 아니었다. 거절당할 것 같은 마음에 온몸이 떨렸다.

"아닙니다. 아프지 않습니다. 검토해 주세요!"

소장은 검토 후, 한숨을 내쉬었다. 한참 말없이 내 얼굴과 서류를 번갈아 보았다. 그러다가 짧은 한마디를 했다.

"이 간사, 다시 해 와!"

무엇이 문제인지 말도 해 주지 않았다. 그냥 다시 해 오라는 말뿐이었다. 무엇이 문제인지 물어보고 싶었다. 소장 얼굴은 더 이야기를 나누고 싶지 않아 보였다. 나름대로 수정해서 다시 가져갔다. 그제야 소장은 빨간 펜으로 수정할 부분을 체크해 주었다. 아무 말도 없이. 서류를 수정해 가져갔더니 결재해 주었다. 돌아서는 나를 향해 소장은 말했다.

"이 간사, 입사한 지가 언제인데 이렇게 간단한 것 하나 딱딱 제대로 못 하나?"

아무런 대답도 하지 않고 고개를 푹 숙인 채, 자리로 돌아왔다. 동료들이 괜찮다고 하지만 위로가 되지 않았다. 도리어 나에게 화가 났다.

'나는 왜 간단한 업무도 제대로 하지 못할까?'

그 일이 있은 뒤로 회사에서 여유가 있을 때마다 업무에 필요한 스킬을 인터넷에서 관련 영상을 찾아 습득했다. 문서 작성 방법과 더불어 한글과 엑셀 사용 방법 등 업무에 필요한 것을 모조리 연습하고 또 연습했다. 그렇다고 입사 전부터 한글과 엑셀 등 사무에 필요한 것을 알지 못한 것은 아니다. 다시 공부하면서도 서류를 종종 올리면 매번 반려되었다. 하지만 한 달 뒤에는 달라진 모습을 상사들에게 보여 주었다. 5번 이상 반려 후 결재해 주었던 적도 있었다. 독하게 마음을 먹고 잠을 줄여가며 업무 스킬을 갈고닦았다. 제대로 된 문서를 작성하기 시작했다. 떳떳하게 문서를 가지고 소장에게 결재받으러 들어갔다. 목소리에 힘이 없던 나는 당당히 말하는 사람으로 바꼈다.

"소장님! 결재 부탁드립니다."

"오늘따라 이 간사 목소리에 패기가 느껴지네. 어디 한번 볼까?"

한마디 없이 반려했던 소장은 입사 후 처음으로 칭찬을 했다.

"와! 최고야. 이렇게 잘하면서 왜 안 했어?"

칭찬은 고래도 춤추게 한다고 하지 않았는가? 그러면서 퇴근 후 함께 식사하자는 말을 했다. 그날 저녁 소장의 진심을 알았다.

"이 간사, 내가 못되게 말해서 미안해. 다 이 간사가 나아지길 바라는 마음으로 그런 거니 이해해 줘!"

노력하면 잘하는데 하지 않은 것처럼 보였나 하는 마음이 약간 있었다. '나도 하면 잘한다.'라는 걸 보여 주고 싶었다. 그래서 이를 악물고 연습해서 실수를 만회했다.

그 회사를 퇴사하며 소장이 해 준 말은 기억에 남는다.

"이 간사는 어디에 가든 잘 해낼 거라 믿어!"

실수를 하나하나씩 고쳐 나갔다. 잘할 수 있으면서도 하지 않았다. 조금만 노력하면 할 수 있는데 하지 않았다. 하지 않고, 노력하지 않는 나를 보지 않았다. 뭐가 문제인지 말해 주지 않는 소장을 탓했다. 소장은 아마도 기다려준 것 같다. 기다리고 있는 소장의 마음을 일찍 알아차렸다면 좋지 않았을까. 매번 "다시! 다시!"라고 말한 건 나아지길 원했던 것이다. 잘할 수 있는데 나아지려고 하지 않았던 당시 모습을 기억한다. 늘 다운된 모습으로 상사 앞에 섰다. 당당했어야 했다. 그래야 잘할 수 있다. 좀 더 나아지도록 기다려 준 소장에게 감사하다.

3

건강한 육체가 최우선이다

무언가 코에서 흐르고 있었다. 손으로 코를 만졌다. 손에 빨간 것이 묻어 있었다. 순간 외쳤다.

"또 코피네."

처음이 아니었다. 전에도 코피가 터졌다. 손가락으로 코를 후비지 않았다. 나도 모르는 새, 흘렸다. 코피가 나는 아들을 보며 어머니는 지혈하기 위해 화장지를 가져왔다. 그런 후 코를 막으며 지혈을 하지만 몇 시간 후에 또 흘렸다.

"진행아, 피가 안 멈춘다! 큰일이다!"

옆에 있던 아버지와 동생들도 거들지만, 역부족이었다. 몇 시간 지나면 괜찮아지겠지 하며 좀 더 기다려 보기로 했다. 병원에 갈 정도는 아니었다. 다행히 멈추긴 했다. 아버지는 어떻게 될지 모르니 병원 가서, 진단을 받아 보자고 하셨다. 병원 가서 진단을 받았다.

"최근에 무리한 일 없었나요?"

의사가 묻는 말에 없었다고 답했다. 그때가 중학교 때였다. 당시 밤늦게까지 공부하지 않았다. 그렇게 무리할 일은 없었다. 의사는 영양이 부족한 것 같다고 말을 했다. 영양제를 먹어 볼 것을 권유했다. 집으로 가는 길에, 약국에서 영양제를 샀다. 영양제를 먹으면서 멈추었던 운동도 시작했다.

"진행아, 한동안 운동을 하지 않았나 보다. 운동하자! 체력이 부족한 탓도 있을 거야!"

처음 며칠은 아버지와 같이 운동했다. 하지만 아버지는 학교 업무로 인해 차츰 혼자 운동하는 날이 많아졌다. 하지만 운동하고 나서도 종종 코피가 터졌다. 체력 탓은 아닌 것 같다는 생각이 들었다. 뭐가 문제였는지 아직도 의문이다.

마포장애인자립생활센터에서 일할 때도 몸이 자주 아파서 퇴직했다. 코피를 달고 일했다. 회사에서 일할 때 코피가 나면 동료는 이렇게 말했다.

"진행 간사! 코 팠지?"
"안 팠는데!"
"그럼 왜 코피가 자주 나? 저번에도 났잖아. 병원에 가 봐야 하지 않아?"
"병원에 가면 체력 때문이라는데 그건 아닌 것 같아."

자주 머리가 아팠다. 회사를 그만두기 전, 머리 아플 일이 많았다. 회사에서 직원 간 소통이 되지 않아 불편한 관계가 이어졌다. 중간에 그만둔 동료의 일을 떠맡아 일이 많아졌다. 그 동료는 아무 말도 하지 않고 회사에 나오지 않는 날이 많았다. 그러는 바람에 그의 일까지 떠맡게 되면서 머리 아픈 일이 많아졌다. 자정이 넘어 퇴근하는 일이 다반사였다. 일이 많아지면서 하루하루 얼굴은 어두워졌다. 인수인계도 하지 않고 나갔기에 일이 어떤 상태인지도 몰랐다. 그래서 연락하면 핸드폰은 거의 꺼져 있었다. 문자를 보내도 답이 없었다. 어쩔 수 없이 다른 동료와 국장과 함께 힘을 합쳐 다행히 아무 일 없이 공백을 메꿀 수 있었다. 그러면서 자주 몸이 아픈 것을 느낄 수 있었다. 하는 수 없이 과감한 결단을 해야 했다.

"소장님! 저 퇴직하겠습니다!"

"몸이 아직도 안 좋은가?"

"네!"

"맡은 일은 다 마쳐야 하지 않겠어?"

아직 마치지 않은 일이 있었다. 하지만 쉬고 싶었다. 소장은 쉬면서 가끔 나와서 일하며 마무리하는 식으로 하자고 제안했다. 좋다고 했다. 쉬면서 중간에 전화가 오면 나가 일했다. 그러면서 결국은 일을 마무리하고 마지막으로 나간 날, 소장과 동료들과 함께한 식사 자리에서 소장이 해 준 말은 지금까지 마음에 남아 있다.

"진행 간사는 어디에 가든지 잘할 거야!"

깡마른 체격이다. 하지만 잘 먹었다. 많이 먹는데 살이 안 찌는 체질이라서 어머니는 자기 살 좀 가져가라고 농담을 종종 한다. 어릴 적 코피를 달고 살았지만, 체력이 부족해서만은 아니다. 워낙 가만히 있는 성격이 아니라서 그럴 수도 있지 않을까? 다행히 요즘은 코피가 자주 나지 않는다. 그리고 보면 체력 때문은 아닌 것 같다는 생각도 든다. 그럴지라도 체력 관리는 해야 한다. 그 누구도 아닌 나를 위해서.

매일 운동을 한다. 코피가 왜 났는지 아직도 모르지만, 자주 흐르지 않는 요즘에도 운동은 쉬지 않는다. 당시에는 체력이 부족해서 코피가 흐르지 않았을까 생각했다. 하지만 움직임을 적게 하고, 운동을 매일 해서인지 운동이 부족해서 코피가 끊이지 않았나 하는 생각도 든다. 돈보다 건강이 우선이 되어야 한다는 걸 책이나 강연을 통해 자주 듣는다. 건강해야 일도 한다. 바쁜 일상 가운데도 운동을 멈추지 않는다. 오늘도 건강한 육체를 위해 운동한다. 그래서인지 마음마저 상쾌하다.

4

퇴근 후 레벨 업 시작

업무로 인한 실수가 반복되었다. 대책이 필요했다. 미숙한 업무 능률을 올리기 위해서, 건강을 위해서, 튼튼한 육체를 만들기 위해서 대책을 세우기 시작했다. 전자부품연구원에서 근무할 때 자취 생활을 했다. 퇴근 후에 약속이 없으면 집으로 곧장 갔다. 밥을 해 먹고 나서 책을 읽거나 인터넷으로 업무 향상에 도움이 되는 강의를 찾아 들었다. 자취 시절에 퇴근하면 책을 읽는 것이 즐거움이었다. 때로는 TV를 보기도 했지만 오래 보지는 않았다. 매일 삐거덕거리는 업무로 인해 드러나는 부족한 것을 채워야 한다는 마음이 TV 보는 것보다 앞섰다.

"매일 업무 스킬을 향상해서 능력을 인정받아 연구원에 오래 다녀야지."

하지만 나아지지 않는 업무로 인해 마음은 무너져 내렸다. 하지만 포기하지 않고 계속해서 연습에 연습을 매진했다. 연구원 업무는 컴퓨터로 하는 업무가 많았다. 엑셀 업무, 아래아한글 업무가 주였다. 그래서 퇴근하면 연습에 최선을 다했다. 아울러 회사 생활하면서 일과 중 했던 실수를 만회하기 위해 다시 해 보겠다고 상사에게 말을 했다. 하지만 상사는 자기가 하겠다며 다른 일을 하라는 말만 했다. 그러다가 퇴근했다. 마무리하고 가고 싶었지만, 상사 얼굴을 보니 나에 대한 기대가 전혀 없어 보였다. 다음 날 출근해서 상사에게 다시 말을 걸어 보았다.

"책임님! 제가 한 번 더 해 보겠습니다."
"아니야! 다른 일 해!"

계속해 보겠다는 간청을 뿌리칠 수 없었던 상사는 한 번 더 해 보라고 말을 했다. 무엇 때문에 되지 않는지 파악을 먼저 했다. 그러고 나서 차근차근 문서를 작성해 나갔다.

"다 됐다!"

다른 부서 직원들도 함께 일하고 있어서 함성을 지를 수 없었다. 속으로 외쳤다. 상사에게 작성한 문서를 제출했다. 상사는 빙그레 웃으셨다.

"아주 좋아! 잘했어! 단번에 무엇이 문제인지 알아낸 비결이 뭐야?"

"어제 퇴근 후 무엇이 문제인지 밤새 알아냈습니다."

"아, 그렇군. 잘했어. 그리고 다시 해 보겠다는 마음은 칭찬해!"

연구원에 2년 반을 다녔다. 더 다닐 거라 믿었다. 하지만 연구원에 오래 다니고자 한 바람은 이루어지지 않았다. 연구원에서 자주 했던 실수를 반복하지 않으려고 필요한 기술을 익히는 것은 멈추지 않았다. 연구원에서 나온 후 다른 직장에 취업하기 위해 매일 업무 능력을 키워 나갔다. 몇 달 뒤, 사회복지 관련 회사에 취업했다. 수습 3개월을 거친 뒤, 정직원이 되었다. 사회복지 관련 회사에 다니면서도 퇴근하면 부족함을 채우는 연습은 계속 이어졌다.

퇴근 후 어떤 이는 술 마시러 가고, 어떤 이는 영화 보러 간다. 집으로 가서 책을 읽는 사람도 있고, 가족들과 정다운 시간을 보내는 사람도 있다. 밀린 업무를 처리하기 위해 야근하는 이들도 있다. 각자 나름대로 퇴근 후 시간을 즐긴다. 더 나은 삶을 위해 어학을 공부하거나 운동을 하며 체력 관리를 하는 이들도 있다.

인생은 전반전과 후반전으로 나눈다고 볼 수 있다. 더 나은 후반전을 위해 퇴근 후 미래를 위해 준비하는 이들도 있다. 퇴근 후, 낮에 한 실수를 만회하기 위한 연습도 했다. 하지만 이 회사에서 언제까지 있을지 모른다는 생각을 늘 가지고 있었다. 그래서 앞날을 준비해야 한다는 마음을 가졌다. 오래 다닌다면 좋겠지만, 다음에 재계약된다는 보장을 할 수 없었다. 연구원에서 나온 후 여러 회사에 입사 지원서를 냈다. 더 나은 업무를 위해 엑셀과 파워포인트를 학원에 다니며 배웠다.

연구원에 다닐 때, 퇴근하면 일주일에 2~3회는 연구원 지하에 있는 헬스장에 가서 운동했다. 퇴근 후 온전히 내 몸에 집중할 수 있는 시간이었다. 트레이너 선생님과 운동하며 앞날을 스케치해 보기도 했다. 늘 선생님은 운동과 더불어 삶의 지혜도 나누어 주었다.

"진행 씨! 연구원 생활 힘들지 않아요?"
"늘지 않는 업무 능력으로 힘들죠."
"그렇군요. 그럼 집에 가서 부족함을 채우는 시간을 가져 보세요."

선생님의 말씀을 듣기 전부터 이미 퇴근하면 그렇게 하고 있었다. 그런 말씀을 해 준 선생님에게 감사했다. 퇴근 후 운동을 해 건강한 몸을 만들어 삶을 풍요롭게 했다.

"나이스! 스트라이크!"

"진행이 굿인데!"

잘하지 못해도 볼링이 취미다. 분당에서 자취하면서 간혹 서울로 나가서 친구들과 볼링을 쳤다. 스텝을 밟으며 하지는 않는다. 라인 앞에 가서 굴리는 수준이다. 굴리는 수준일지라도 볼링 치는 그 시간만큼은 모든 걸 잊고 즐긴다. 취미를 공유할 수 있는 친구들이 있다는 게 기쁘고 좋다. 코로나가 심할 때는 자주 만나 볼링을 치지 못했다. 몇 달 전, 자주 만나 치던 친구들은 아니지만, 친하게 지내는 병재와 전기철 목사를 만나 볼링을 쳤다. 오랜만에 쳤는지 점수가 평소만큼 나오지 않았다.

연구원 일할 당시, 자취방에는 책이 가득했다. 퇴근하면 책을 두 시간 정도 읽었다. 책을 보면서 업무에 필요한 게 있으면 바로 적용했다. 책을 통해 직원 간의 소통은 어떻게 해야 하는지 대해서도 배웠다. 배운 것을 능통한 소통을 위해 바로 사용했다. 책은 삶의 지혜를 얻는 도구이자 업무에 도움이 되는 친구였다.

퇴근 후에 하는 것이 있는가? 퇴근 후 운동도 하고 독서도 했다. 때로는 업무 향상을 목표로 노력했다. 이런 행동으로 자신의 몸값을 올리려고 했다.

'퇴근 후가 골든타임!'

환자의 생사를 결정지을 수 있는 사고 발생 후 수술과 같은 치료가 이루어져야 하는 최소한의 시간을 골든타임이라 한다. 레벨 업을 할 수 있는 시간을 골든타임과 같은 시간이라고 본다. 퇴근 후 어정쩡하게 보내면 시간이 아깝다는 생각이 들지 않는가! 생사를 결정지을 수 있는 일생일대의 시간이 퇴근 후라고 생각하기에 그 시간을 아무렇게나 보내지 않는다. 물론 업무로 인해 지친 몸을 쉬게 하는 시간을 가질 수 있다. 잠깐 쉬고 나서 나의 발전을 위해 노력했다. 퇴근 후 시간은 자신을 한 단계 레벨 업시킬 수 있는 절체절명의 시간이다. 퇴근 후 귀한 시간을 한 단계 업그레이드하는 시간으로 만들어 보는 것은 어떤가? 오늘도 한 단계 나아지기 위해 나아간다. 그래서인지 매일 삶이 레벨 업되어 간다.

5

마지막까지 해내는 성실이 답이다

"이 간사! 오늘까지 해야 할 일 마무리하고 퇴근하도록 해!"

업무가 많아서 늘 퇴근이 늦어졌다. 국장은 업무 꼼꼼히 마무리하고 문단속 잘하고 가라는 말만 하고 퇴근을 했다. 매일은 아니지만 가끔은 늦은 시간까지 일하다가 같이 퇴근하는 날도 있었다. 혼자 남아 있는 사무실, 저녁 먹을 시간도 없이 업무에 매진했다. 일하다가 꼬이기라도 하면 머리가 복잡해졌다.

"뭐가 문제인 거야? 맞게 했는데……."
"영수증이 빠졌나?"

지출 내역서를 작성하는데 금액이 맞지 않았다. 영수증이 빠졌는지 여기저기 살펴보았다. 아무리 찾아도 보이지 않는 영수증. 찾는 데까지 1시간 이상이 걸릴 때도 있었다. 정신없이 찾았다. 책상 아래 전선들 사이에 끼어 있는 걸 발견했다. 바로 영수증을 확인했다. 찾은 영수증의 금액을 적으니 금액이 맞았다. 일단 지출 내역서는 마무리했다. 다른 업무를 하고 나니 시간이 밤 12시! 정리하고 퇴근할 준비를 했다. 일을 마무리하니 문자가 왔다. 장애인 콜택시가 잡혔다는 문자였다. 일 마무리를 한 시간 남겨 놓고 장애인 콜택시를 신청해 놓아서 다행이었다.

전날에 마무리를 꼼꼼히 하고 나온 것 같은데 다음 날, 국장은 잘못된 부분을 찾아냈다. 어찌나 귀신같이 찾아내는지 경력은 무시할 수 없어 보였다. 퇴근 전에 맞춰 보았을 때는 맞았는데 왜 안 맞는 걸까? 피곤해서 숫자가 보이지 않아 맞다고 본 걸까? 그런 생각을 할 여유도 없이 오전 내내 찾아내 수정해서 다시 보고했다. 끝까지 해냈다. 국장은 업무를 보며 실수하는 나에게 잔소리하곤 하지만 마지막까지 마무리하는 성격을 칭찬했다.

"실수는 고쳐 나가면 돼! 하지만 실수가 반복되면 치명타야! 그런데도 끝까지 마무리하는 행동은 높이 칭찬해!"

끝까지 마무리하는 행동! 그것은 살아오면서 부모님에게서 배운 것이다. 아버지는 일을 시작하면 아무렇게나 하지 않으셨다. 한번 맡은 일은 어떻게 해서든 마무리해 놓으셨다. 중도에 그만두시는 모습을 보지 못했다. 아버지 성격을 닮아 무엇을 하든지 최선을 다해 마무리를 지어 놓았다. 일하는 속도가 늦더라도 괜찮다. 하다가 실수했다고 그만두지 않았다. 다시 했다. 실수하면서 배웠다. 최선을 다할 뿐이었다. 단지 매번 같은 실수를 하지 않도록 퇴근 후 부족한 부분을 공부했다. 공부하면 실수를 줄여 나갈 수 있음을 몸소 체험할 수 있었다. 만약 엑셀 부분에서 안 되는 것이 있다면 그 부분만 영상이든지 책을 보며 연습했다. 그러면 다음 날에 완벽하게 해내었다. 그런 나를 보며 국장은 노력하는 모습이 좋아 보인 거였다. 안 된다고 지레 겁을 먹고 포기했다면 노력하는 아름다운 모습을 기대할 수 있었을까. 마지막까지 성실히 마무리하는 성실이 답이다.

성실히 마무리하는 습관은 산행하면서 익힌 습성이기도 하다. 지금까지 출간한 두 권의 책에서도 썼듯이 가다가 멈추면서 가더라도 목적지까지 갔다. 성실히 행함에는 중간에 멈추고 시간이 늦어져도 바른길을 가겠다는 다짐이 담겨 있다. 어릴 때 아버지와 함께했던 걷기 연습은 인내와 함께 성실을 선물로 주었다. 아버지가 늘 말한 '넘어져도 일어나 걸어 나가라.'라는 말은 장애인으로 살아온 나에게 성실하게 살아가라는 목소리로 들렸다. 아버지 목소리는 일이 풀리지 않거나 멈추고 싶을 때마다 들린다.

"이진행! 다시 해봐!"

직장 생활을 하면서 일을 아무렇게나 하지는 않았다. 맡은 일은 어떻게 하든지 혼자 아니면 동료들과 함께 해결하려고 했다. 장애인들끼리 일을 했던 직장에서는 서로 부족함을 채워 주면서 일을 했다. 함께 도움을 주며 일하면 마무리에 도움이 되었다. 협동심도 기를 수 있었다. 서로의 부족함을 채워 줄 수 있어 성실히 일할 수 있었다.

성실에는 온갖 힘을 다하려는 마음이라는 의미가 있다. 의미에 맞게 온갖 힘을 다하려는 마음으로 일하고 있는지와 현재까지 그렇게 일을 하고 있는지 생각해 보았다. 2023년 5월까지 기독교방송 사원으로 모니터링 관련 일을 했다. 재택근무지만 열심히 일했다. 재택근무라고 아무렇게나 하지 않았다. 현재도 다른 직장에서 재택근무를 하는데, 최선을 다해 일하고 있다. 성실이란 아무도 보지 않을 때 보여 주는 모습을 말한다고 생각한다. 만약에 재택근무라고 아무렇게나 일을 한다면 성실하지 않다는 증거가 아니겠는가. 아무도 보지 않을 때 열심히 하고 있는지 살펴보면 자신의 성실함을 알 수 있다. 기독교 방송국 일을 하면서 처음에는 느낌 위주로 보고서를 썼다. 하지만 상사의 코치를 받으면서 차츰 제삼자 관점의 객관적인 보고서로 변화해 갔다. 이렇게 된 것은 온갖 힘을 다하려는 마음이 있어 가능했다. 걷기 연습할 때도 성실한 자세, 즉 온갖 힘을 다해 걸으려는 마음과 자세가 있었다. 온갖 힘을 다해 걸으려는 마음이 없었다면 과연 걸을 수 있었을까? 걷고 싶어 하는 마음에 온 힘을 다하니 걷게 되었다.

요즘은 무슨 일을 하든지 입을 가만히 안 둔다. 무슨 말이냐? 외부에 있을 때를 제외하고 실내에 있으면 입을 벌리고 있는 나의 모습을 볼 수 있을 것이다. 바로 발음 연습 중인 것이다. TV를 보거나 운동을 할 때 입을 벌리고 '아', '오', '우'라고 발음한 후 5초 동안 멈추어 있는 행동을 한다. 효과가 있다. 만나는 지인마다 칭찬한다.

"와! 진행! 발음 훨씬 알아듣기 좋아졌는데!"
"이진행 대표님, 노력 많이 하시는군요!"

이런 말을 들으면 어깨가 올라간다. 칭찬은 성실히 살아가는 데 원동력이 된다. 운동도 꾸준히 하고 있다. 코로나19 바이러스로 움직일 수 없는 상황 속에서도 집에서 운동을 쉬지 않았다. 온갖 힘을 쓰고자 하는 마음이 없었다면 운동, 발음 연습, 책 쓰기는 아마도 힘들지 않았을까 싶다. 하루 10분을 투자할 수 있게 된 건 성실함이 작용해 가능했다.

"나를 이겨 내기 위해 성실히 해 보자!"

새벽 4시 30분에 일어난다. 성경을 읽고 새벽 예배를 드린다. 잠깐 쉬었다가 아침 식사를 한다. 9시에 일을 시작한다. 1분 1초가 귀하다. 매 순간 성실하게 살아야 한다. 성실의 반대는 나태가 아니라 부정이다. 삐딱한 생각을 하는 사람은 부지런할 수가 없다. 긍정과 성실은 같은 말이다. 장애인으로 살아왔다. 할 수 있다는 마음으로 최선을 다했기 때문에, 버티고 견딜 수 있었다. 만약 내가 조금이라도 부정적인 생각을 했더라면, 아마 지금까지 살아 내지 못했을지도 모른다.

아버지는 성실을 선물해 주고 가셨다. 말이 아닌 행동으로 보여 주었다. 일의 경중에 상관없이 늘 최선을 다해 일한다. 하루 4시간 재택근무를 하는 요즘, 그 일이 아무리 하찮아도 열심히 하는 모습을 유지한다. 아무도 보지 않는다고 대충하지 않는다. 마지막까지 하는 힘, 그것이 성실이다. 성실한 삶을 살기에 조금도 부정이 아닌 긍정의 마음으로 살아간다. 매일 자기 전에 스스로 묻는다.

"오늘도 온갖 힘을 다했는가?"

6

장애인과 비장애인의 소통

상사가 거리별로 출장비를 계산해서 보고서를 작성해 보라고 했다. 시간은 넉넉히 주었다. 다 된 것 같아 제출했다. 하지만 돌아오는 답변은 다시 해 오라는 말뿐이었다. 무엇이 문제인지 말도 해 주지 않았다. 숨이 턱 막혔다.

"책임님! 무엇이 문제인지 힌트라도 주시면 감사하겠습니다."

본인이 문제를 찾으라는 말만 했다. 다른 직원들에게는 친절하게 무엇이 문제이니 그것만 해결해 오라고 말하는 걸 보았다. 하지만 나에게만은 무엇이 문제인지 말도 해 주지 않고 스스로 찾아오라고만 했다. 장애인이라서 교육 차원에서 그리한 걸까? 나와 대화하고 싶은 마음이 없는 거였을까? 별의별 생각이 머릿속에 들었다. 다른 직원들에게 물어봐도 같은 답변이었다.

'아! 어떻게 해야 하지?'

나름대로 수정해 검사받으러 올렸더니 돌아온 답변은 더 답답하게 했다.

"내 말을 이해하지 못하나 봐! 그냥 내가 할게!"

다시 한번 해 보겠다고 하는데도 소용없었다. 시간을 넉넉히 주었는데도 못한 나에게도 문제가 있었다. 하지만 다시 해 보겠다는 부하 직원의 마음을 몰라준 상사에게도 조금은 서운했다. 어떻게 해결해 보라는 말은 해 주지 않고 내 장애를 보고 판단한 걸로 보였다. 장애를 보니 과연 가능할지 하는 마음이 들었나 보다. 장애도 장애지만 무엇이 문제인지 얘기해 주고 해결해 나가게 하는 것이 필요하지 않았을까? 장애는 일하는 데 아무런 문제가 아니라는 걸 서로 함께 해결해 보고 알아 갔으면 얼마나 좋았을까? 장애의 특성을 잘 파악하지 못한 것도 문제이지 않았을까 하는 생각도 들었다. 내가 알기로는 그 회사에서는 장애인 인권 교육을 전 직원에게 하지 않고 있었다. 만약에 교육했더라면 장애인 동료와 소통 문제로 어려움을 겪지 않았을 것이다. 장애인들에게는 이해가 가도록 몇 번은 더 말해줘야 한다는 걸 알았더라면 이해 못 했다는 말은 하지 못했으리라. 시간을 넉넉히 주었으니 믿고 더 맡겨 주었어야 했다. 당시 그 상사는 다행히 끈질기게 다시 하게 해 달라는 말에 다시 하도록 허락해 주었다. 기회다 싶은 생각에 열심히 자료를 모아 보고서를 작성해 기어코 마음에 들도록 해냈다.

비장애인과 함께 일한 적이 몇 번 더 있었다. 지금은 부산으로 회사를 옮겼지만 내가 다닐 때는 서울 마포구 상암동에 있었던 '해양수산개발원'에서 일할 때다. 해양 관련 연구 기관이다. 여기서 연구 보조 일을 했다. 같이 일한 상사는 나의 장애를 이해하려고 노력했다.

"진행 씨! 진행 씨를 대할 때 어떻게 하면 될까요?"

나에 대해 알아 가려 하고 소통하려는 마음이 전달되었다. 한번은 연구에 필요한 자료를 요청했다. 종일 찾아서 검사받으러 갔는데 부탁한 거와 다른 자료를 찾아 왔다고 말했다. 그러면서 자료 찾는 것을 함께해 보자며 시범을 보여주었다.

"이런 자료는 이렇게 찾으면 돼요. 알겠죠? 다시 한번 자료가 더 있는지 찾아오세요!"

그 상사는 나를 믿고 끝까지 지켜봐 주었다. 내 장애에 대해 먼저 알리고 했다. 무엇보다도 장애를 보지 않고 능력을 봐 주었다. 할 수 있다고 본 것이다. 내가 가진 장애를 알고 이해하려는 마음이 보여 함께 일했던 11개월이 즐거웠다. 단지 계약 연장이 더 안 된 것이 아쉬웠다.

회사에는 장애인과 비장애인이 공존한다. 장애인 동료에 대한 올바른 인식과 이해가 필요하지만 떨어지는 것이 현실이다. 비장애인들의 장애인 동료들에 대한 막연한 선입견이나 동정심은 오히려 장애인 동료들에게 불편함을 줄 수 있다. 자칫하다 차별로도 이어질 수 있다. 비장애인 동료들의 장애인 동료들에 대한 이해를 넘어 차이를 존중해 주는 자세가 필요하다. 장애인고용공단이 발표한 「한눈에 보는 2020 장애인 통계」에서 장애인 고용은 2010년 대비 2020년에 약 3만 8000명으로 증가했다. 이렇게 장애인들의 사회 진출은 늘어나고 있다. 그런데도 직장에서는 장애인 동료를 맞이할 준비가 부족한 것 같다. 기숙사가 있는 직장에서 지체장애인에게 20층을 배정해 주는 사례는 지체장애인의 특성을 파악하지 못해서 일어난 경우이다. 비장애인 동료들의 장애인 동료들에 대한 인식과 태도가 장애인 동료 직장 적응을 좌우한다. 그래서 간단하게 장애별 장애인 동료들을 대하는 에티켓을 정리해 본다.

첫째, 휠체어를 이용하는 동료와 일할 때는 균형을 잃기 쉬우므로 함부로 휠체어를 잡지 말아야 한다. 도움을 주기 위해서는 먼저 물어보고 행동하고, 대화 시에는 눈높이를 맞춰 주어야 한다.

둘째, 시각장애인 동료와 일할 때는 회의할 때, 누가 말하는지 이름을 말해 주어야 하고 시각장애인 동료의 물건을 마음대로 옮기지 말아야 한다.

셋째, 청각장애인 동료와 일할 때는 사람들의 눈에 보일 수 있는 자리가 좋으니 잘 볼 수 있도록 책상 배치와 칸막이 높이를 조절하고, 회사의 전달 내용이 있으면 게시판을 통해 공유해 주는 것이 좋다. 업무 이야기는 단문으로 쉽게 설명해 주어야 한다.

장애를 극복하기 위해 노력해 왔다. 하지만 극복해야 할 것은 장애가 아니라 사회의 차별적인 시선과 구조이다. 그저 장애인을 보호해야 한다는 수동적인 시각으로 바라보지 말았으면 한다. 비장애인과 동등한 동료라는 시각으로 바라보고 대우해 주었으면 좋겠다. 그런다면 비로소 장애인과 비장애인이 함께 일할 수 있는 환경이 만들어지리라고 믿는다. 장애인이 회사에서 당당히 설 수 있도록 회사 차원의 노력이 필요하다. 작년 5월 말까지 재택근무로 일했던 기독교방송에서 코로나19 바이러스로 인하여 온라인으로 장애인인식개선교육을 받았다. 장애인인데 교육을 받아야 할 필요가 있을까 하는 생각도 잠시 들었다. 비록 온라인 교육이었지만 비장애인 동료들과 함께 받고 있다는 마음으로 들으니 미처 몰랐던 걸 알게 되는 계기가 되었다.

1995년, 방송대에 입학했다. 방송대는 라디오, 테이프, 방송 등으로 수업했다. 그래서 낮에는 무언가 일을 해야 했다. 그래서 일할 곳을 찾다가 몇 개월 뒤, 아는 분 소개로 한 회사에 취업했다. 그 회사는 장애인과 비장애인이 함께 일하는 곳이었다. 그 회사에는 청각장애인, 발달장애인, 지체장애인 등 다양한 장애인 직원들이 일하고 있었다. 고등학교 3년 내내 특수학교에 다니면서 나와 다른 장애가 있는 장애인 친구들과 소통은 원만했었다. 그래서인지 대학 입학 후 다녔던 회사에서도 그리 어려움은 없었다. 비장애인들과의 소통도 원만히 하며 회사 생활을 했었다. 그 회사를 10년 정도 다니다가 다른 회사로 옮겼다. 장애인 직원은 한 명도 없는 회사였다. 처음에 직장 상사가 지시한 업무로 인한 어려움과 소통의 부재를 느꼈던 곳이었다.

소통을 안 하려고 한 그 상사를 상기하면서 바란다. 한국 사회가, 아니 한국의 모든 기업이 장애인들의 장애를 보고 판단하지 않았으면 한다. 장애인들은 오히려 사회의 차별적인 시선으로 두려워하고 있다. 직장에서 이런 차별적인 시선이 아닌 동등한 동료로 바라보는 시선이 필요하다. 장애인들도 비장애인과 어울리려는 노력을 함께해 줘야 차별적인 시선을 없앨 수 있다. 직장에서 장애인과 비장애인의 진정한 소통을 기대해 본다. 역지사지라고 했다. 서로의 입장에 서서 회사 생활을 하다 보면 장애인과 비장애인을 떠나 행복한 하루하루가 되지 않을까.

7

차별이 아닌 차이를 존중해 주는 회사

"쟤 나가면 장애인 채용하지 않으면 돼!"

비장애인과 장애인이 함께 일하는 회사에서 들은 말이었다. 내가 바로 옆에 있는데도 버젓이 저런 말을 했다. 일하는 속도가 더디다는 이유로, 회사에 와서 그냥 앉았다 퇴근한다는 이유로 그러는 것이었나? 일을 찾아서 하는 편이라 그렇지 않다고 생각했다. 하지만 저런 말을 한다는 것은 자기들과 나의 차이를 파악하지 못하고 그러는 것일 수도 있다. 장애인의 특성을 알아보려는 노력도 하지 않고 저런 말을 하는 것은 이해가 되지 않았다. 당시 그 회사는 직원들 역량 향상을 위한 교육은 하고 있었다. 하지만 장애인인식개선교육은 실시하지 않고 있었다. 만약 장애인 인식개선교육을 실시했더라면 저런 말을 하지 않았을 거다. 서로를 이해하려는 노력도 하지 않았다. 단지 할 수 있는 일이 무엇인지 물어보고 소통하려고 했다면 얼마나 좋았을까? 당시 단순 업무로 인사 카드 관리와 우편물 관리를 했지만, 가끔 머리를 써야 하는 일도 맡겨 주었다. 직원들 지방 출장비 계산을 위한 기초 자료를 만들기 위해 사전 조사를 해 보라고 하셨다. 자기 자동차 이용할 때 유류비와 버스나 기차를 이용할 때를 고려해 조사해 보라는 것이었다. 기한은 하루가 주어졌다. 인터넷을 찾아보면서 자료를 모아서 퇴근 전에 작성해 제출했다. 하지만 돌아오는 답변은 마음을 찢어지게 했다. 다시 해 오라는 말도 아니었다.

"내가 할 테니 진행 씨는 다른 일 해!"

다시 해 보겠다고 하는데 막무가내로 자기가 하겠으니 다른 일 찾아서 하라고 했다. 자료 조사를 어떻게 해야 하는지, 보고서 작성은 어떻게 해야 하는지 친절히 알려 주면서 했더라면 얼마나 좋았을까 하고 생각을 했다. 그리고 나서 자기가 작성해 내가 한 거와 비교해 보라 말을 했다. 그리 급한 업무도 아니었던 걸로 보였다. 기한을 좀 더 주었다면 해냈을 것이다. 서로의 차이를 존중하지 않아 이런 일이 생긴 것이었다. 평소에 대화를 통해 내가 어떤 상태인지 알아보는 시간을 가졌다면 기한을 더 주었을지도 모른다는 생각도 들었다. 알려고 하지 않은 그들의 행동을 넘어 계약 종료되면 장애인 채용하지 않겠다는 사고방식에 화가 났다.

회사는 함께 일하는 공동체다. 장애인과 함께 일할 때는 차별이 없어야 하지 않을까? 회사에 장애인 직원이 있다면 장애인 직원에 대한 올바른 이해와 인식으로 일을 해야 한다. 함께 일하되 차별이 아닌 차이를 존중하면서 일해야 한다. 섣부른 동정이나 선입견으로 대하는 것이 아닌 서로의 차이를 존중하는 시선으로 바라봐야 한다. 장애를 보고 차별하는 것이 아닌 무엇을 할 수 있는지 서로 대화를 통해 함께 일할 수 있는 환경을 조성해야 한다. 서로를 이해하고 차이에서 일어나는 불필요한 오해를 사전에 방지하기 위해서는 회사에서 정기적으로 장애인인식개선교육을 실시해야 한다. 직장 내 장애인인식개선교육은 법정의무로 되어 있다. 하지만 의무를 지키지 않는 회사가 아직도 있다는 것이 안타깝다. 우리 사회와 회사에서는 늘 '함께'를 강조한다. 함께 간다는 것은 통합의 길을 걷겠다는 의지가 들어 있는 표현이다. 함께하는 삶, 통합의 삶이 모두가 지향하는 삶이다. 장애인과 함께 일하기 위해서는 장애인을 이해할 수 있는 교육을 받아야 한다. 서로의 이해가 없이 강조하는 '함께'는 그냥 허울뿐이다. 이젠 말뿐인 '함께'는 지양되어야 한다. 행동으로 이어지는 '함께'여야 하지 않을까.

차이는 차별과 분명히 다르다. 차별은 의도적으로 특정 대상에 대해 가해지는 부정적인 영향력이다. 그에 비해 차이는 필연적이고 누구나 경험할 수밖에 없는 지극히 통상적인 상태이다. 세상의 모든 존재는 각자의 개성을 가지고 있으며, 불가피하게 처할 수밖에 없는 환경 역시 모두 다르다. 오히려 차이는 인정함으로써 더 좋은 결과를 양산할 수 있는 요인이기도 하다. 그렇다. 서로의 차이를 인정한다면 관계는 더 나아질 것이고 함께하며 회사 생활에도 활력을 주어 회사 발전에 도움이 될 것이다.

단지 다르다는 이유로 회사에서 장애인들이 배척당하는 일이 있어서는 안 된다. 다름을 인정해 주며 함께 일한다면 차별하는 일은 일어나지 않으리라. 직원들이 앞장서서 장애와 비장애를 떠나 모두 잘 일하는 회사여야 한다. 차이를 존중한다는 건 동등한 시선으로 바라본다는 것이다. '한 인간'이라는 마음으로 서로를 바라본다면 차별이 아닌 차이를 존중하는 회사가 되리라고 본다. 차이를 존중한다는 것은 더불어 일하는 것이다. 회사 일원들이 조금만 관심을 가지고 동료 장애인의 성장과 이들의 앞날을 위해 함께해 주는 것이 더불어 사는 것이고 차이를 존중해 주는 것이다. 관점의 변화가 더불어 사는 회사를 만들 수 있다. 장애인인식개선교육으로 서로의 차이를 존중하는 회사로 만든다면 장애인 고용에도 도움을 줄 것이다. 비장애인 회사원은 장애인 회사원을 이해하려는 마음을 가지고 장애인 사원도 마찬가지로 비장애인 사원을 이해함으로써 서로 이해하는 회사로 만들어야 한다. 진정으로 함께하고자 하는 의지를 넘어 진실한 마음으로 서로 하나 되는 마음으로 일하는 회사를 소망해 본다.

아울러 장애인들도 비장애인들과 일하려면 자신의 장애를 알아주지 않는다고 마음 상해하지 않아야 한다. 적극적으로 다가가 자신이 어떤 상태이고, 어떻게 대해 주었으면 좋겠다고 말해야 한다. 서로가 이해하려는 자세가 필요하다. 그래서 나는 사회생활에서나 회사 생활을 하면서 먼저 다가가 소통하려는 의지를 보인다. 단지 비장애인 시선 변화만 고집해서는 안 된다고 본다. 장애인들도 비장애인과 일하면서 어울리는 적극적인 자세를 가졌으면 한다. '함께'라는 말을 입으로만이 아닌 행동으로 보여주는 모습을 장애인과 비장애인 모두가 보여주면 더 나은 세상이 되리라 믿는다.

실수를 두려워하지 마라

사회복지법인 해든에서 일할 때였다. 주 업무는 수신과 발신 문서 관리, 서울시 사업인 휠체어 경사로 설치 사업 분야였다. 문서 작성을 잘못하는 경우가 잦았다. 국장은 실수를 자주 하는 나에게 이렇게 말을 했다.

"진행 씨는 실수를 자주 하네. 실수하면 안 되는 일에 실수하면 어떡하냐?"

국장 말을 듣고 자리로 돌아와 책상을 세게 내리쳤다. 국장을 향한 분노가 아니었다. 나를 향한 분노였다. 왜 그리 실수를 자주 하는 걸까? 문서 작성하면서 나타나는 오타, 규격 문서에 맞지 않게 작성해 실수를 자주 했다. 조금만 주의를 기울였다면 좋았겠다는 생각을 했다. 매일 자책하는 모습을 발견했다. 하지만 자책만 할 수는 없었다. 실수를 자주 하는 것도 두려웠지만 국장에게 불려 가면 주눅이 드는 내 모습이 더 두려웠다. 국장 앞에 서면 가슴이 뛰었다. '오늘은 무슨 말을 하려고 저러실까?' 이런 생각이 머릿속에 가득했다. 국장은 매번 그런 나를 보고 이런 말을 했다.

"진행 씨! 힘들어요? 뭐가 문제인가요?"

힘들지는 않았다. 단지 문서 작성 시 실수하는 것과 국장 앞에만 서면 혼날 생각이 먼저 앞선다는 것이 두렵게 했다. 실수는 쉽게 없어지지 않았다. 한동안 반복되었다.

하루는 사수인 팀장이 따로 불렀다. 평소에 힘이 되어 준 팀장이었다. 팀장은 한참 내 얼굴을 쳐다보았다. 그러더니 입을 열었다.

"진행 씨! 실수를 두려워하지 마세요! 실수하는 자신을 인정하고 고쳐 나갈 생각을 했으면 해요. 저는 진행 씨 믿어요. 그리고 국장 앞에서 쪼그라들지 말았으면 좋겠어요. 그거 오히려 일에 방해가 될 것 같다는 생각이 들어요. 힘내세요!"

팀장 말은 따뜻하게 다가왔다. 그렇다. 나는 수없이 이어지는 실수가 두려웠다. 실수하는 나를 인정해 줘야 했다. 실수하는 나에게 집중했다. 그래! 사람은 다들 실수하는 거야! 그러니 나를 있는 그대로 인정하자! 이후로도 실수는 줄지 않았지만, 자책하지 않고 있는 그대로 나를 받아들였다. 국장은 실수로 인한 벌로 월급에서 얼마를 제하고 주었지만 퇴직하면서 제한 월급은 돌려주었다. 국장은 회사를 그만두는 나에게 아무런 말도 하지 않았다. 아마도 이런 마음이었으리라.

'실수를 고쳐 주기 위해 월급에서 얼마를 제한 것이에요.'

실수를 두려워하는 마음을 조금이라도 덜어 주려는 국장의 마음이라는 생각이 들었다. 제한 월급분을 받았지만, 그 후로도 두려워하는 마음이 온통 가득한 모습을 다른 이들에게 보여주곤 했다. 그럴 때마다 어릴 때 걷기 연습을 하던 모습이 떠올랐다.

걷기 연습을 처음 시작한 날, 한 발 내딛기도 두려웠다. 발이 땅에 박혀 있는 듯했다. 걸어야 했다. 평생을 휠체어에 의존해 살고 싶지 않다. 하지만 생각뿐이었던 적이 한 달이나 지속되었다. 이대로는 안 되겠다 싶었다. 한 달 뒤, 발에 힘을 주어서 한 발 내디뎠다. 발에 보조기를 차서 무거웠지만 있는 힘껏 힘을 줘서 한 발 뗐다. 그때의 짜릿함, 잊을 수가 없다.

"한 발 내디뎠어. 내가 해냈어! 야호!"

세상을 다 가진 듯이 기뻤다. 넘어져도 일어나 나갈 용기가 생겼다. 처음 걸은 후로도 자주 넘어졌다. 무릎이 성한 날이 없었다. 넘어진 것이 실수는 아니다. 사전에서는 실수를 이렇게 정의하고 있다.

'의도하지 않은 결과를 일으키는 인간의 행위.'

실수하면 의도치 않은 결과가 나타났다. 문서를 작성하기 전, 늘 '잘해 보자!'라는 마음으로 시작했다. 하지만 항상 실수했다. 의도하지 않은 결말을 마주했다. 이런 결말에 두려움이 밀려와 계속 이어지는 실수였다. 이럴 때마다 어릴 적 걷기 연습을 할 때를 기억하며 "다시 일어나 해 보자!"고 소리쳤다. 걷기 연습을 하면서 넘어지면 다시 일어나 나간 것처럼 회사 생활을 통해 실수하더라도 털털 털고 일어나 다시 시작해 나갔다. 걷기 연습하다가 넘어지면 한참을 주저앉은 적이 수없이 많았다. 두려웠다. 그럴 때마다 아버지의 진심 어린 응원은 힘이 되었다.

"진행아! 다시 일어나 걸어 나가자!"

실수를 두려워하면 안 되지만 같은 실수를 반복하는 것은 두려워해야 한다. 실수는 경험을 쌓는 것이다. 반복하는 실수를 하나씩 지워 나가는 것이 중요하다. 인생을 살아오면서, 걷기 연습을 하면서 배웠다.

좋아하는 위인 중 발명왕 토머스 에디슨이 있다. 토머스 에디슨의 아래 말이 실패에 대한 위대한 가르침을 준다.

"실패한 것이 아니다.
잘되지 않는 방법 1만 가지를 발견한 것이다."

– 토머스 에디슨 –

토머스 에디슨의 말에서 그가 얼마나 긍정적인 사고를 하는 사람이었는지 알 수 있다. 그를 존경하는 이유는 많은 획기적인 발명품 때문만은 아니다. 9999번의 실수에도 굴하지 않고 다시 한번 더 도전하는 사람, 실수를 두려워하거나 그로 인해 좌절하지 않는 사람이기 때문이리라. 무의식적으로 실수를 실패로 규정하곤 한다. 그래서 새로운 시도를 두려워한다. 어리석은 생각이 아닐 수 없다. 한 번의 실수도 없이 성공하는 것은 극히 드문 일이다. 또 모든 실수가 단순히 실수로 끝나고 마는 것도 아니다. 위대한 발명가였던 토머스 에디슨도 수많은 실수를 했다. 실수했다고 자책하지 않고 도전하고 또 도전하여 전구를 발명하였다.

실수에 대한 기본적인 생각부터 바꾸어야 하지 않을까?

실수는 걱정하고 두려워해야 할 대상이 아니다. 실수는 끝이 아니라 또 다른 시작이다. 걷기 연습을 하면서 한 발도 걷지 못했다고 끝이라고 생각하지 않았다. 다시 시작하자는 마음을 매번 가졌다. 실수한 자리에서 다시 시작하면 된다. 실수하면서 사는 것이 인생이다. 실수도 하면서 살아야 인간적인 사람으로 비치지 않을까? 어떤 일도 완벽하게 통제할 수 없다. 실수해도 괜찮다고 스스로 다독인다. 차라리 용감하게 도전하고 실수하는 것이 낫다. 넘어지며 배우는 인생이다. 매일 넘어지며 작게라도 실수를 저지르면서 살아간다. 오늘도 그런 나에게 이렇게 말한다.

"실수해도 괜찮아! 다시 시작하면 되잖아!"

감사 기도

실수를 통해 배워 **일어설 기회**를 주어서 감사합니다

1. 많아지는 업무와 빈번히 하는 실수 가운데 나를 바라보는 여유를 가지게 해 주셔서 감사합니다.

2. 삶이 힘들고 어려워도 긍정과 성실의 자세로 최선을 다하며 살게 해 주어 감사합니다.

3. 실수하는 인생이었지만, 실수를 통해 배울 수 있는 마음과 자세를 가질 수 있도록 해 주어 감사합니다.

제3장

고난에도
고개를 들어라

1

주저앉기엔 내 다리는 길다

넘어지고 넘어져도 일어나 걸어 나갔다.

원동력은 부모님의 진심 어린 격려와 주위의 응원이었다. 그렇게 걷게 되었지만 이제까지의 삶 속에는 매서운 바람이 불었다. 천신만고 끝에, 취업도 했다. 오래가지 못해 계약이 종료돼 그만두어야 했다. 그리고 다른 직장을 찾고 일자리를 구해야 하는 상황이 이어졌다. 그만큼 장애인 취업의 문은 좁았다. 그럴지라도 도전 또 도전하였다. 공무원 시험을 보기 위해 공부하여 도전했지만 매년 불합격이었다. 그래도 도전을 멈추지 않았다. 되지 않았다고 포기하면 안 되는 것이었다. 그럴 때마다 들려오는 두 개의 목소리가 있었다. 아버지 목소리와 하나님 목소리였다.

"진행아! 포기하지 마라!"

"진행아! 내가 너와 늘 함께함을 잊지 말아라!"

2021년 5월이었다.

꽃 판매 대신 시작한 사진 액자 화환을 열심히 홍보하고 있었다. 사업에 진전이 없었다. 그래서 생각을 거듭하다가 취업 후 일하면서 사업을 진행하기로 했다. 바로 장애인 취업 홈페이지에 들어가 일자리를 찾아보았다. 일자리를 찾는데 기독교방송에서 장애인 직원을 뽑는다는 광고를 보았다. 바로 이력서와 자기소개서를 보냈다. 장애인고용공단 담당자에게도 전화해 지원했다는 말을 전달하였다. 다음 날 공단으로부터 기독교방송에서 면접 보기 원한다는 연락을 받았다. 공단에서 연락받은 다음 날에 목동 기독교방송으로 가서 면접을 보았다. 오랜만에 보는 면접이라 약간 두근거렸다. 그런데도 당당히 면접을 마쳤다. 기도하면서 왔다. 다음 날, 최종 합격 소식을 장애인공단으로부터 받았다. 2021년 6월 1일, 일을 시작했다. 그렇게 시작해 2023년 5월에 계약이 종료되어 지금은 새로운 회사에서 일하고 있다. 기독교방송에서와 마찬가지로 재택근무를 하고 있다. 사업을 하고 있지만, 생활을 위해 돈도 필요하기에 병행하고 있다. 작가의 타이틀도 있어 집에서 일하며 글도 쓸 수 있어서 일석이조다. 감사했다.

매일 아침 4시 30분이 되면 어김없이 일어난다. 차 한잔을 앞에 놓고 말씀 묵상으로 하루를 시작한다. 말씀 묵상은 하루를 살아갈 힘을 주어 놓칠 수 없는 나만의 무기이다. 그 무기를 장착한 채로 아침 식사를 한다. 식사 후 재택근무를 하며 사업 관련 홍보 작업을 한다. 그날 주문이 들어오지 않더라도 계속 홍보를 한다. 기독교방송에서 일할 때는 나에게 배당이 안 된 다른 프로그램을 보면서 모니터링 작성 연습도 했다. 모니터링 작성 연습은 글쓰기에도 도움을 주었다. 업무 능력 향상에도 도움을 주고 글쓰기에 최적이었다. 때로는 밤에 하는 방송도 배당되었다. 밤 10시 30분까지 보고서를 작성하고 톡으로 보냈다. 낮에 한 연습으로 인하여 업무가 수월했다.

내가 이렇게 하는 이유는 단 하나.

앞으로 살아갈 날이 많기 때문이고 며칠만 멈춰 버리면 다시 나아갈 수가 없기 때문이다. 살날이 많다. 그래서 매일 도전을 해야 한다. 넘어지면 다시 일어나야 하는 인생이다. 일어나기 위해 도전을 한다. 며칠 멈추더라도 다시 일어날 원동력을 주변인들로부터 찾아야 한다. 세 번째 책을 띄엄띄엄 쓰고 있었다. 진도가 나가지 않는 날이 이어지곤 했다. 그렇지만 포기하지는 않았다. 띄엄띄엄 쓰더라도 멈추지 않았다. 그럴 수 있었던 것은 글쓰기를 가르쳐 주신 이은대 작가 덕분이었다. 강의를 듣고 나면 몇 줄이라도 쓸 수 있었다. 한 꼭지를 완성하지 않아도 카페에 올렸다. '매일 쓰는 사람이 작가'라는 것을 보여 주려는 마음도 있었다.

하지만 포기하지 않는 근성을 보여 주고 싶었다.

대학을 다니면서 공무원 시험 준비를 했다. 공무원 시험을 준비하기 전에는 사법시험을 보려고 신림동 고시 학원을 1년 동안 다녔다. 학원에서 모의고사를 보면 매번 점수는 하위권이었다. 그럴지라도 매번 봤다. 무너지고 싶지 않았다. 당시 소아마비 장애인 변호사가 활동하고 있었다. 하지만 나와 같은 뇌성마비 장애인 변호사는 없었다. 법학을 공부하면서 '나라고 변호사 못 하라는 법이 있어.'라는 생각이 들었다.

'그래, 한국 최초의 뇌성마비 장애인 변호사가 되는 거야!'

법학을 공부하면서 강하게 밀려온 생각이었다. 어눌한 말일지라도 된다면 법률 자문을 해 주는 방법을 찾아서 할 수 있을 거라 생각이 들었다. 그런데 이런 마음을 모의고사 점수가 좌절시켰다. 과감히 접고 고등학교 2학년 때 담임선생님이었던 황경선 선생님이 알려 주신 강서구 기쁜우리복지관에서 개설한 공무원반 수업을 듣게 되었다. 모의고사 점수는 잘 나왔다. 하지만 실제 공무원 시험을 보면 결과는 불합격이었다. 그런 상황이 3년간 지속되었다. 몇 년 전 만난 복지관에서 근무했던 직원분으로부터 답안지 마킹이 문제였다는 말을 들었다. 마킹 연습을 했더라면 그런 일은 없었을 거라는 생각이 들었다.

사실 포기하고 싶다는 생각을 수없이 했다. 하지만 도전을 멈추지 않았다. 이대로 주저앉아 버릴 수 없었다. 그럴 때마다 들리는 음성, 포기하지 말라는 말과 함께한다는 말이 앞으로 나아갈 수 있게 만들어 주었다. 인생은 길다. 하루에 한 가지씩 도전한다면 멋진 인생을 살 수 있으리라. 길고 긴 인생, 주저앉아 한탄만 할 수 없지 않겠는가. 매일 맞이하는 하루, 감사하면서 산다면 주저앉을 힘조차 없을 것이다. 길고 긴 인생, 도전하면서 멋진 인생을 살 것이다. 글을 쓰고 운동하고 등산을 하면서 사는 인생이다. 주저앉아 버리는 건 아직 이르다. 내 인생은 길다.

2

비판하기엔 밝은 내 인생

구로디지털단지역에서 지하철을 탔다. 자리가 없었다. 교통약자석에 자리가 있었다. 하지만 그냥 서서 갔다. 다음 정류장에서 장애인 한 분이 탔다. 유모차를 끌고 들어왔다. 유모차의 용도는 모르겠으나 짐작하기로는 물건을 싣고 다니는 듯했다. 그 장애인에게 교통약자석에 앉아 계시는 어르신들이 여기 빈자리 있으니 앉아서 편히 가라고 했다. 그 장애인은 웃음을 머금으며 괜찮다고 말했다. 그리고 출입문에 있는 창문을 바라보며 고개를 흔들면서 음악을 들으며 서서 갔다. 신대방역에서 자리가 났다. 교통약자석이 아닌 일반 좌석이었다. 내가 앉고 난 후 신림역에서 자리가 났다. 그 장애인이 자리에 앉았다. 그 모습을 보면서 '그래, 저 장애인도 교통약자석이 불편했던 거야.'라고 생각하면서 『마음 장애인은 아닙니다』에 적은 교통약자석에 대해 비판한 것이 머릿속에 흘러갔다. 그러면서 그 장애인의 평소 모습이 어떠할지 짐작이 갔다. 정당한 자리라고 생각하지만, 어르신들에게 양보하려는 마음이 느껴졌다.

『마음 장애인은 아닙니다』에도 적었고 페이스북에도 적은 내용이다.

교통약자석이 비어서 자리에 앉아 가고 있었다. 다음 정류장이 어디였는지 기억이 안 나지만 어르신 한 분이 타서 내 앞에 섰다. 그러면서 한마디 하셨다.

"요즘 젊은것들은 예의도 없어!"

다른 사람 들으라고 하는 말처럼 들렸다. 하지만 어르신은 내 얼굴을 응시하고 있었다. 다리도 아프고 피곤한 상태였다. 마침 다음 정류장에서 내려야 했다. 힘겹게 일어나서 출입문 있는 쪽으로 미리 나가 있었다. 어르신 말이 들렸다.

"아! 몸이 불편했구나!"

얼굴이 빨개지는 모습을 보고 내렸다. 그 모습을 보고 안타까움이 밀려왔다. 장애인의 겉만 보고 판단하는 이 세상을 살아가는 것이 싫어졌다. 하지만 지하철에서 보았던 장애인의 행동이 『마음 장애인은 아닙니다』에 적은 내용을 기억나게 하면서 생각할 거리를 주었다. 당시 조금만 시간적 여유가 있었다면 어르신에게 이렇게 말할 수도 있었을 것이다. 조목조목 내 상태에 대해서.

'어르신! 제가 몸이 불편합니다. 그래서 이 자리에 앉았고요. 장애인의 겉만 보고 그런 말씀을 하시면 교통약자석이 어르신만의 자리인 듯한 뉘앙스를 주지 않을까요?'

그렇게 하지 못해 아쉬웠다. 하지만 앞에서 말한 장애인의 행동은 생각을 바꾸게 주었다. 페이스북에 그런 어르신의 행동에 대해 좋지 않다고 비난만 했다. 그 글 마지막 부분에 '아무리 불편하더라도 어르신에게 자리를 양보해야겠어요.'라고 적었다면 좋지 않았을까 하는 생각이 들었다. 내 장애와 상황만 생각했다. 상대방을 고려하지 않았다. '저 어르신도 몸이 불편하지. 피곤하다고, 몸이 불편하다고 그러면 안 됐던 거야.'라는 생각이 스쳤다. 나만 생각하는 잘못된 행동을 저지른 것이 후회되었다. 요즘은 교통약자석에 앉아 있다가도 아무리 피곤해도 어르신이 보이면 자리를 양보해 드린다. 되도록 교통약자석이 아닌 일반 좌석에도 앉아 간다. 교통약자석을 피하는 건 아니다. 그 좌석은 당연한 자리이기에 비어 있으면 앉는다. 단, 어르신이 주위에 계시면 자리에 앉아 가시라고 권유한다. 어르신 중에는 오히려 자신들이 건강하다면서 자리를 양보하시는 분도 있다. 조금만 마음을 비우고 바라보면 좋은 모습을 만들 수 있다. 그 장애인을 보면서 생각할 수 있었다.

비판을 받으면, 상처를 받는다. 비판하면 그 비판이 나를 향할 수도 있다. 앞에 말한 지하철에서의 어르신과의 일을 페이스북에 포스팅했을 때 페이스북 친구들의 반응은 여러 가지였다. 내 입장에 서서 쓴 댓글도 있었고, 어르신 입장에 서서 쓴 댓글도 있었다. 비판하는 글에 비판하는 댓글이 달렸다. 그 댓글에 상처를 받았지만, 앞에 말한 장애인이 보여 준 행동은 비판에 상처받지 않기로 다짐하게 해 주었다. 나에 대해, 내가 쓴 글에 대해 비난하고 비판한다고 받아쳐서는 안 되었다. 비판으로 성장하고 개선된다.

비판만 하고 살기엔 인생은 밝다. 상대방 입장에 서서 생각하고 행동한다면 비판이 아닌 서로 공존할 수 있는 세상을 만들 수 있지 않을까. 사람들은 말한다.

"진행 작가님은 티 없이 밝은 분이에요!"

비판만 하고 살기엔 밝은 부분이 많다. 남을 비판하기 전에 나를 먼저 바라본다. 그러면서 변화함으로 밝고 함께 살아갈 수 있는 세상을 소망

해 본다. 그것은 글쓰기를 통해 비판은 하되 건전한 비판으로 세상을 이롭게 만드는 일이다. 비판만 하기엔 앞으로 살아갈 날이 많다. 좋은 모습을 보고 긍정적으로 생각해 건강한 세상을 만들어야 하지 않을까. 장애인 입장만 주장하지 말고 장애인들도 비장애인들 입장에 서서 생각해 보는 여유를 가져보는 것도 필요하다. 장애인들도 역지사지 자세를 가지고 살아야 한다. 함께 살아가는 세상이다. 비판만 하고 살기엔 밝은 이미지를 가지고 있다. 밝게, 긍정적으로 살아가련다.

3

자책보다는 도전을 하자

"진행 씨는 열심히 했잖아요. 혼났다고 자신에게 화내지 말아요. 차츰 차츰 나아질 거라 믿어요."

팀장이 국장에게 꾸중을 듣고 축 늘어진 상태로 나오는 나를 보며 한 말이었다. 사회복지법인 해든에서 일할 때 국장에게 혼나는 것이 다반 사였다. 늘 '나는 왜 이럴까?' 하는 마음으로 출퇴근을 했다. 국장 앞에만 서면 주눅이 들었다. 작아지는 나를 발견했다. 잘하고 싶었다. 퇴근 후 에도 업무에 도움이 되는 공부를 했다. 하지만 늘 실수를 반복했다. 내가 미워졌다. 장애가 있어서 실수하는 건 아니었다. 국장은 늘 말했다.

"진행 씨! 업무가 어려운 것도 아닌데 실수하는 이유가 뭐죠? 혼나는 것이 두려워서 실수하는 건가요?"

그럴지도 모른다. 혼나는 게 두려웠다. 업무를 마쳐 놓고 몇 번이나 검토했다. 완벽하다고 생각했다. 그런데도 국장은 어김없이 잘못된 부분을 찾아냈다. 1시간 동안 국장의 일장 연설을 들은 날도 있었다. 정신교육을 받은 듯했다. 대략 이런 내용이었다.

"문서 작성을 꼼꼼히 하되 검토를 충분히 하라!"
"혼나더라도 당당한 모습을 보여 줘라!"

주눅 든 상태로 국장실을 나왔다. 매번 다음에는 잘할 거라는 다짐을 했다. 국장실에서 나오는 나를 보며 상사와 동료 직원들이 힘을 주었다. 그렇게 응원받고 다시 시작했다. 그리고 또 잘못을 저질렀다. 자신을 책망하는 것을 반복했다.

일하다 실수를 종종 했다. 한숨 한 번 푹 내쉬고 돌아보니, 툭하면 실수를 해 왔다. 자잘한 실수든 꽤 큼지막한 실수든. 주변에서는 '실수는 누구나 해.'라고 말하지만, 실수를 저질렀을 때는 그 말은 잘 들리지 않았다. 자책하게 되고 주눅이 들고 심하면 자괴감이 들었다. '아! 난 왜 이리 칠칠맞지 못할까?' 하며 책망하는 습관을 유지했다.

실수하는 나를 받아들이지 못했다. 실수를 방지하기 위해 방안을 마련해야 했다. 그래서 퇴근 후 업무 향상을 위한 연습을 게을리하지 않았다. 필요 이상으로 낙담을 했다. 많은 부작용이 생겼다. 지레 겁을 먹는다거나, 필요 이상으로 주눅 든 상태로 회사에 출근했다. 툴툴 털어 내야 했다. 그러지 못했다. 실수를 자주 하는 것도 성장에 훨씬 도움이 된다는 걸 그땐 왜 몰랐을까. 경험을 많이 해야 했다. 실수는 경험이 쌓이면서 줄어드는 것이고, 경험이 부족할 땐 누구나 실수를 한다. 내 실수를 보며 안타까운 마음이 드는 국장도 사실은 '저러면서 배우는 거지.'라고 생각했으리라.

사람은 죽을 때까지 실수한다.

10년 해 온 일도 어느 날 삐끗하면 대형 사고로 이어진다. 실수 없는 사람은 단순히 꼼꼼하고 연차 높고 똑똑한 사람이 아니다. 실수를 방지하기 위한 시스템을 세운 사람이다. 당시 나에겐 이런 마인드가 필요했다

'나는 사람이고, 언제든 실수할 수 있는 존재라는 걸 인정하자!'

실수를 할 수 없는 나만의 업무 시스템을 만들어야 했다. 오탈자가 많이 나오는 실수가 잦았기에 모니터로만 보지 말고 프린트해서도 한 번 더 보고, 펜으로 밑줄 그으면서 소리 내어 읽어 보고, 제삼자의 시각으로

검토하는 3단계로 일하는 방식을 시도했다. 그랬더니 실수를 줄일 수 있었고 나를 책망하는 일이 줄어들었다.

실패하고 실수를 자주 한다고 낙담만 하고 있을 수는 없었다. 일어나는 것을 포기할 때 지는 것이다. 낙담하는 것도 같다. 낙담만 한 채로 주저앉아 버렸다면 계속 나에게 책임을 돌렸을 것이다.

잘하려는 마음이 있었나 보다. 그러면서 실수하는 나를 보면서 자책하며 괴로워했다.

'그때 이렇게 해야 했어.'
'다 내 잘못이야.'
'나는 구제 불능이야.'

이런 생각은 반성을 넘어 나를 괴롭게 했다. 심각하게 받아들였던 당시를 기억하며 그러지 않으려 한다. 이 문제도 결국 감정의 영역이었다. 나와의 대화이자 감정 관리였다. 일을 잘하고 못하고는 다음 문제이고, 나를 믿고 응원하는 것이 먼저였다. 이렇게 말이다.

"오늘도 목표를 외쳤잖아. 잘했어."

"오늘도 책 읽었잖아. 잘했어."

"오늘 하루로 살아 있잖아. 잘한 거야."

유난히 실수가 잦은 날이 많았다. 실수하면 나를 자책했다. 한두 번 삐걱대거나 실수 많은 날이 있다고 해서 포기하지 않았다. 개인적으로 역량 향상을 위해 노력하거나 다시 시작했다. 이제는 자책하지 않는다. 시간이 걸려도 할 수 있는 기량을 키워 마무리한다. 실수하는 자신을 있는 그대로 인정하고 내려놓고 일하니 마음의 평정이 찾아왔다. 실수할 수 있지만, 실수로 자신을 책망하는 행동은 괴로운 마음이 들게 한다. 실수하는 나를 힘들게 하지 말기로 했다. 나를 책망하는 건 인간의 자연스러운 감정이라는 사실을 받아들였다. 오히려 적절히 활용한다면 삶을 더 풍요롭게 만들 거라 믿는다.

4

위기는 나를 위해 반드시 오는 기회

팔아야 한다는 일념으로 찾아갔다.

연락을 드리고 갔지만, '잘 될까?' 하는 생각을 했다. 팔아야 할 물건은 전통 민속놀이 기구였다. 개량형으로 만든 널뛰기, 투호, 제기 등을 홍보하고 파는 일이었다. 보통 초등학교 체육 시간에 이용할 수 있도록 보급하고 있었다. 그러다가 초등학교로는 안 되겠다는 생각이 들었다. 그래서 찾은 방안이 연구원에서 일하는 사람이나 회사원들이 점심시간이나 한가한 시간에 이용하도록 보급하는 것이었다. 대학에 입학하고 지인 소개로 들어간 회사였다. 나무판자에 조각칼로 글을 새기는 서각을 하는 회사였다. 1997년에 외환 위기가 있었다. 외환 위기 이후 서각만으로 매출이 나지 않아 회장이 고안했다. 그리고 나서 회장은 나에게 홍보 작업을 맡겼다. 임무를 받으니 책임감에 밀려온 건 두려움이었다.

"아! 이걸 어떻게 홍보하지?"

잘해 보겠다는 마음으로 가득했다. 막상 일을 시작하려니 겁이 덜컹
났다. 나머지 직원들은 생산을 담당하는 직원이었다. 회장은 혼자서 방
안을 찾아보라는 의미로 말을 한 것 같다. 그렇게 전통 민속놀이 기구 홍
보를 시작했다. 홍보하기 위해 유스미션에서 알게 된 전자부품연구원 김
춘호 원장에게 연락을 드리고 찾아갔다. 김춘호 원장은 청소년 사역을
주로 했던 유스미션에서 매년 진행한 사명 캠프 때 특강을 해 주었다. 그
리고 지도자훈련학교 때에도 특강을 해 주셨는데 특강을 할 때마다 나
를 자주 언급하셨다. 그때부터 주목해 봐 온 것이었다. 김춘호 원장은 전
자부품연구원 원장에 3번이나 연임된 분이다. 연구원 퇴임 후 한국뉴욕
주립대학교 총장으로 재직하시다가 현재는 서울벤처대학원대학교 총장
으로 재직하고 있다. 갑작스럽게 연락을 드리고 갔는데도 반갑게 맞이해
주었다. 팸플릿을 펼쳐 놓고 설명했다.

"원장님! 들여놓으면 연구원 직원들 여가 선용에 도움 될 거라 확신합
니다."

원장은 그 말을 듣고 다른 말을 했다.

"진행이, 거기서 일하지 말고 연구원에서 일해 봐라!"

　그리고 나서 원장은 총무인사실장을 호출했다. 실장에게 내 이력서와 자기소개서 받아서 채용하라고 말했다. 두 달 후에 채용이 되었다. 물론 대학 입학 후 다녔던 회사에는 자세히 설명했다. 회장은 서운한 기색이 있었지만 좋은 데로 옮긴다고 하니 한편으로는 기뻐했다. 부서는 달랐어도 생산직에서 일하는 직원들도 잘해 주었다. 사실 그 회사 다니면서 매달 월급을 받았지만, 책값 정도였다. 매달 받은 월급은 10만 원. 부모님에게는 드릴 수 없는 액수였다. 그래도 다녔다. 물론 부모님이 용돈을 주셨다. 되도록 내 힘으로 벌어서 쓰려는 마음이 있어 부모님이 주시는 용돈을 다시 드리기도 했다. 매달 받는 월급이 적어 다른 데를 알아봐서 옮길까도 생각했다. 그러던 중 원장님을 오랜만에 만나서 전통 민속놀이기구 홍보하려고 갔던 자리에서 뜻밖의 제안을 받았다. 당시 아버지 월급으로 근근이 먹고 살았다. 그런데도 어머니는 삼 형제 앞날을 위해 만화 가게를 하셨다. 밤늦게까지 일하고 들어오시는 부모님을 보니 용돈을 받을 수 없었다. 내 힘으로 벌고 싶어 공부하며 일할 수 있는 곳을 알아보다가 지인 소개로 들어간 곳이 영등포에 있는 청림장애인복지원이었다. 전자부품연구원에서 일할 때는 아버지가 세상을 떠난 뒤였다. 어머니에게 매달 용돈을 드릴 수 있어서 기뻤다. 어머니는 서울에서 경기도 성남까지 출퇴근하는 모습이 안되어 보였는지 연구원 근처에 원룸을 구해 주었다. 복지원에서의 업무는 가벼운 업무였다. 은행 업무, 우체국 물품 배송 업무가 전부였다. 학업을 병행하고 있었기에 회장님이 편의를 많이 봐 주었다. 학교에서 근무하시는 아버지 월급으로 부족해서 만화 가게를 하시는 어머니 모습을 차마 볼 수 없었다. 당시 '부모님은 삼 형제를 위해 저렇게 고생하시는데 뭐라도 도움을 줘야겠다.'라는 마음으로 학창 시절을 보냈다. 그야말로 위기였다. 그런데 연구원에 물건 팔러 갔다가 취업을 하게 되는 기회를 얻은 것이다. 하나님이 도와주신 거였다. 김춘호 원장은 기독교계에서도 알려져 있던 분이었다. 사역했던 유스미션에 강의하러 오시면 간사로 활동하는 모습을 매번 봐 오셨다. 그 모습이 좋게 보였나 보다. 아마도 그때부터 연구원에 채용하려고 한 것 같았다. 마침 연구원에 홍보하려고 온 걸 보고 말을 꺼내지 않았을까 싶다.

위기가 기회다.

대학에 입학하고 얼마 후 지인의 소개로 장애인 관련 기관에 취업했다. 학업과 병행하며 열심히 다녔다. 월급이 적었지만 다녔다. 하지만 삼 형제를 위해 밤늦게까지 일하시는 부모님 모습을 보면 안쓰러웠다. 더욱이 첫째 아들이 장애를 가지고 있으면서 학업과 일을 함께 하는 모습을 차마 보지 못하는 부모 마음을 왜 모르랴. 어떻게 해서라도 부모님 손을 가볍게 해 드려야 했다. 이게 무슨 위기냐고 말하겠지만 나에게는 위기였다. 아버지가 월급을 받고 있었지만 삼 형제의 학원비라도 벌어 본다고 시작한 만화 가게 수입으로 학원비를 충당해 나갔다. 복지원에서 적은 월급을 받으며 다니다가 연구원 김춘호 원장의 한마디는 위기 가운데 있었던 나에게 기회를 주었다.

위기가 기회라고 항상 믿어 왔다. 이런 믿음을 가지고 매일 살았기에 기회가 왔을 때 잡았다. 그 후에도 이 믿음이 드러난 적이 있었다. 바로 속초국제장애인영화제에 작품을 출품했을 때였다. 처음에는 본선 진출작에 내가 제작한 영화가 포함되지 않았다. 하지만 며칠 뒤, 영화제 관계자로부터 "감독님 영화를 본선 진출작에 포함하기로 했어요."라는 연락을 받았을 때 기회는 어떻게 해서든지 온다는 것을 알았다. 사실 본선 진출작에 처음에 포함되지 않았을 때 실망하지 않았다. 위기도 아니었다. '다음에 출품하면 돼!'라는 차분한 마음을 가졌다. 이렇게 위기 아닌 위기도 기회라고 믿는 믿음을 평소에 가지고 있었기에 뒤늦게 작품이 포함되지 않았을까 하는 생각이 든다. 누구에게나 위기는 온다. 위기가 기회를 불러온다고 믿는 믿음이 필요하다. 매일 위기 속에 살아도 그 위기 속에서 더 많은 기회를 발견할지 그 누가 알랴. 액자 화환 사업이 부진한 가운데 직장을 구해 일했다. 이것 또한 위기 가운데 얻은 보석 같은 기회였다. 위기라고 삶마저 포기해 버렸다면 취업은커녕 아무런 성취도 얻지 못했을 것이다. '위기가 기회'라고 믿는 믿음이 오늘의 나를 만들었다.

5

감사가 나를 살게 했다

아버지가 함께해 주어 걸을 수 있게 되었다. 하지만 걷기 전에는 휠체어에 의존한 삶을 살았다. 학교 친구들의 따돌림과 괴롭힘 속에 학창 시절을 보냈다. 휠체어에서 내려 기어 보라고 하거나 어눌한 말투를 따라했다. 하지 말라고 하는데도 그러는 친구들이 미웠다. 아버지가 학교에서 근무하시고 있어서 가끔 지나시는 길에 보면 친구들을 혼내 주었다. 담임선생님도 혼냈지만, 친구들은 그때만 멈추었고 아버지, 담임선생님이 교실에서 나가시면 다시 괴롭혔다. 아마도 아버지는 그런 상황을 다시는 만들지 않으려고 걷기 연습을 시킨 것 같았다. 당당하게 살아가게 만들어 주고 싶어 그리하신 것이었다. 걷게 된 첫날, 입에서 어눌한 말투로 나온 말은 감사하다는 말이었다.

"아버지! 걸을 수 있도록 해 주셔서 감사해요."

그래서 나에게 최고의 감사는 '살아 있음이 감사!'가 되었다. 친구들의 괴롭힘과 따돌림에 일일이 반응하였다면 감사하는 마음을 갖지 못하지 않았을까. 괴롭힘과 따돌림에 반응하지 않고 아버지와 함께 걷기 연습해 걸을 수 있게 된 건 오히려 감사하는 마음을 갖게 해 주었다. 나아가 감사하는 삶을 살고 있다. 그러므로 장애는 감사하는 삶을 살게 해 준 고마운 친구이다. 걷기 연습을 하며 넘어지기도 수없이 했다. 만약 넘어졌을 때 다시 일어서지 않고 완전히 주저앉아 버렸다면 지금도 휠체어에 앉아 있는 삶을 살지 않았을까. 고난과 역경으로 이어온 삶이었지만 그걸 이길 수 있었던 데는 '감사'가 있다. 감사하지 못하고 장애인으로 태어난 걸 불평하는 삶을 살았다면 살아 있는 걸 감사하는 삶을 살지 못했으리라.

얼마 전 페이스북에서 장애를 가지고 사는 지인이 이런 글을 적은 걸 보았다.

"장애는 극복하는 것이 아니라 수용해야 한다!"

그 말을 읽고 무릎을 쳤다. 맞다. 이 말! 장애는 극복하는 게 아니라 수용하고 살아야 하는 거라는 인식을 그 짧은 글이 바꿔 주었다. 이제까지 쓴 책 『마음 장애인은 아닙니다』와 『나는 매일 치열하게 살아갑니다』에서 '극복'이라는 말을 많이 사용했다. 그 말만 보고 독자들은 오해를 많이 했다. '극복'이라는 단어를 마치 감기 증상처럼 며칠 지나면 낫는 의미로 받아들인 듯했다. 하지만 그런 의미로 이야기하지 않았다. 감기 증상처럼 며칠 지나 장애가 사라지면 얼마나 좋을까. 장애는 평생 함께 가야 한다. 힘들고 괴로워도 같이 가야 한다. 이왕이면 도전하면서 함께 간다면 좋지 않겠는가. 도전의 의미를 더해 도전하면서 수용하는 삶을 '극복'이라는 단어에 담았다. 그 단어를 보고 오해를 한 독자들은 책을 다시 한번 읽어 보길 바란다.

몸은 불편해도 마음만은 불편하지 않은 장애인이 되려고 노력했다. 취업이 되지 않고, 공무원 시험에 몇 번이나 떨어졌지만 불평하지 않고 다시 도전했다. 장애는 감사와 더불어 도전 정신을 일깨워 주었다. 살아오며 실패도 수없이 했다. 실패할 때마다 걷기 연습할 때를 생각했다. 걷기 연습을 하면 걷다가 자주 넘어졌다. 무릎이 까이기도 했다. 장애인으로 살아오면서 모든 게 순탄하지는 않았다. 넘어져 본 사람만이 감사하는 마음을 안다. 또한 감사하는 마음은 장애인으로 사는 정체성을 알게 해 주었다. 강의하고 싶어서 닉 부이치치를 존경하며 그를 본받으려고 한다. 온몸을 사용해 땀을 흘리며 구르면서 강의를 하는 닉 부이치치의 영상이 기억난다. 닉 부이치치처럼 세계를 누비며 강의하고 다닐 날을 상상하며 매일 발음 연습과 글쓰기를 하고 있다.

나를 걷게 만들어 준 아버지, 비가 오나 눈이 오나 등하굣길에 휠체어를 밀어 주신 어머니를 생각하면 눈물이 난다. 이 눈물은 미안함과 더불어 감사의 눈물이다. 나를 위해 온갖 힘을 쓰고 고통을 이겨 내던 부모님의 노고를 생각하노라면 감사가 절로 나온다. 감사가 나를 살도록 만들었고, 살아야 할 이유를 알게 했다. 장애가 있든지 없든지 내 이야기를 읽고 조금이나마 힘을 얻고 다시 나아간다면 더는 기쁨이 없겠다. 그것이 또한 내가 살아가는 이유이다. 그런 가치를 알게 해 준 것이 '감사'이다.

코로나19 바이러스가 번져가기 시작하고 나서 솔직히 불안했다. 이미 4차산업 시대가 온다는 내용의 책을 읽었지만 이렇게 빨리 올 줄 몰랐다. 나갈 수도 없고 집 안에서 모든 것을 해결해야 했다. 사람들을 만나고 싶었지만 만나지 못하는 것이 아쉬웠다. 일대일 만남은 줌 화상 채팅으로 이루어졌다. 강의도 줌으로 들었다. 코로나 초기에는 감사가 아닌 불평이 나왔다. '나가서 활동해야 하는데. 사람들 만나 에너지를 받고 해야 하는데.'라는 생각으로 지냈다. 하지만 줌으로 화상회의를 하고 강의를 들으면 사람들 표정은 진지한 표정도 있었고 항상 웃는 표정도 있었다. 강의 듣는 사람들의 표정을 보면서 불평불만으로 가득한 나를 바라보게 되었다. 그러면서 개인 브랜드인 감사마스터답게 감사하며 웃는 모습으로 살아야겠다는 다짐을 새롭게 하게 되었다. 나가지 못해도, 사람들을 만나지 못한다고 불평불만만 하고 있을 수는 없었다. 감사 일기를 쓰며 감사하는 삶을 살면서도 불평불만을 하다니! '웃으며 감사하는 삶을 살자!'라는 생각으로 강의를 들을 때나 사람들을 줌으로 만나면 웃으며 감사하는 삶을 보여 주었다. 그 후에 마음에 찾아온 것은 평안이었다.

장애인으로 살아온 인생! 살아오면서 늘 고난과 역경은 찾아왔다. 그런 상황에도 고개를 들게 해 준 선물 같은 존재는 '감사'다. 수많은 도전을 하며 한계를 극복하며 살아온 인생에 '감사하는 마음'이 있었다. 물론 휠체어에 의존해 살았어도 활발한 활동을 했을 것이다. 걸을 수 있어 왕성한 활동을 할 수 있어서 감사하다. 장애로 힘들어지는 건 견딜 수 있다. 장애인으로 힘들어도 살아가고 있다는 것! 최고의 감사이다. 오늘도 살아 있음이 감사하다.

6

고난도 경력이 될 수 있다

대학 진학을 놓고 부모님과 이야기를 많이 했다. 부모님은 기술학교에 입학해 기술을 배우고 나서 대학에 가라 하셨다. 하지만 직업학교에 가고 싶은 마음이 전혀 없었다. 대학에 입학하는 걸 원했다. 부모님 권유에도 방송통신대학교에 입학했다. 부모님 마음은 충분히 이해가 갔지만, 대학에 진학하고 싶은 마음이 강했다. 결국 방학 중에 온 담임선생님의 연락에 방송통신대학에 지원하겠다 하고 지원서를 넣어 버렸다. 이미 지원서 낸 걸 부모님은 어찌할 도리가 없어 아무 말 하지 않으셨다. 그렇게 대학에 들어갔지만, 학업 도중 집안에 좋지 않은 일이 자주 터지는 바람에 일과 학업을 병행해야 했다. 아버지가 오수초등학교 서무과에서 일하고 있었다. 주사 직급으로 일하고 있었음에도 삼 형제를 위해 어머니는 만화 가게를 하셨다. 힘들게 일하시는 부모님을 보고 가만히 있을 수 없었다. 뭐라도 해야 했다. 하지만 취업한 회사에서 받는 월급은 부모님에게 드릴 만큼 여유 있는 금액이 아니었다. 점점 마음속은 죄송스런 마음으로 가득찼다.

'나 이진행! 열심히 일해서 부모님 편하게 해 드릴 거야!'

그러다가 아버지는 정년퇴임을 한 1년 뒤, 간암 말기로 돌아가셨다. 아버지와 어머니 두 분이 가정경제를 책임지시다가 아버지가 돌아가시니 어머니는 어떻게 해서든지 삼 형제를 잘 키우려고 여러 일을 하셨다. 이모가 하는 호프집에 가서 늦게까지 일하시고 집으로 오시는 날이 다반사였다. 뒤늦게 아버지가 살아계셨을 때 파출부 일까지 하셨다는 말도 들었다. 이 사실을 알고 어머니에게 이렇게 말하려다가 말았다.

"엄마! 삼 형제를 위해 파출부까지 하면서 우리 삼 형제 먹여 살리려고 했어요? 죄송해요."

차마 입술이 떨어지지 않았다. 어머니 앞에서는 울지 못하고 방에 들어가 울었다. 얼마나 힘드셨으면 남의 집에서 일하면서 가족을 먹여 살리려고 했는지 짐작이 가기에 말을 할 수 없었다. 시골에 살았을 때 어머니는 아버지의 월급으로는 부족해 집을 개조해 닭집을 운영하셨다. 첫아이가 장애아이니 들어가는 돈이 많았다. 지금 생각해 보니 경제적으로 풍요로웠던 적이 없었다. 닭집을 하며 조금이라도 풍족한 삶을 살았다. 세 아이 학원비라도 벌어 보겠다고 밤낮 가리지 않고 일하시는 부모님의 노고는 그 무엇으로 대신할 수 있으랴.

태어날 당시, 비싼 인큐베이터 비용을 지급할 형편이 되지 않았다. 병원에 오래 못 있고 집으로 돌아왔다. 그런 상황 속에서 유명하다는 병원은 다 다녔지만, 돌아오는 말은 '재활 운동뿐'이라는 말뿐이었다. 초등학교에 입학했지만, 학교 친구들로부터 괴롭힘과 따돌림을 받는 모습을 차마 볼 수 없어 아버지는 걷기 연습을 시켜서라도 휠체어에서 벗어나게 해 주었다. 재활 운동도 돈이 있어야 가능했다. 집안이 넉넉하지 않아 아버지가 집 앞 공터에서 걷기 연습을 통해 걷게 만들려고 했다.

대학을 다니면서 사법시험을 보려고 신림동 고시원도 다녀 보았다. 낮에 일하며 밤엔 공부했다. 공무원 시험도 수도 없이 보았다. 하지만 매번 모의고사를 통해 본 사법시험 1차 합격의 가능성은 낮아 보았다. 공무원 시험도 모의고사를 보면 점수가 잘 나왔는데 실제 시험에서는 답안지 마킹의 어려움으로 매번 떨어졌다. 그래도 도전하고 또 도전했다. 하지만 매번 불합격이 이어졌다. 결국 취업의 문을 두드렸다. 하지만 일을 시작하면 근무 연수가 적으면 1년, 많으면 2년이었다. 1년 아니면 2년에 한

번씩 직장을 옮겨 다녔다. 집안에 도움이 되고 싶었다. 1년 아니면 2년마다 옮기는 직장으로 인해 수입은 늘지 않았다. 벌어 놓은 돈으로 생활을 해야 했다. 그래서 수입이 늘지 않는 악순환이 이어졌다. 그래도 감사한 것은 어머니가 월급 중 얼마를 정기예금으로 만들어 놓으신 게 있어서 노후는 아무 염려가 없다.

　　장애인으로 살아오며 고난과 역경 가운데 살아 왔다. 힘들었던 적도 있었고 오히려 그 힘든 상황이 나를 강하게 만들어 주었다. 그 힘든 고난과 역경을 책으로 엮어 '작가'라는 직업을 가지게 된 것은 역경과 고난이 경력이 되는 경험을 몸소 체험하게 해 주었다. 작가라는 타이틀은 글을 써서 장애인이나 마음에 상처가 있는 이들에게 살고자 하는 힘을 줄 수 있다는 걸 느꼈다. 작가로 활동한 후 누리는 또 다른 것은 여러 곳에서 원고 청탁을 받는다는 것이다. 닉 부이치치처럼 세계를 누비면서 동기부여 강연을 하고 싶다. 그런데 그 꿈이 한 발 다가오고 있다. 일본과 중국으로 나가는 신문에 나를 소개하는 기사가 실렸다는 건 세계적인 동기부여 강사에 다가서고 있다는 게 아니겠는가.

　　고난과 역경 가운데 살아왔지만, 그 고난과 역경에 의미를 부여함으로 더 나은 경력을 만들어 냈다. 작가의 삶을 산다는 건 매일 고난과 역경일지라도 그런 삶에 의미를 부여하고 더 나은 삶으로 나아가는 거다. 고난이 와도 힘들어 하거나 불안해 하지 않는다.

 '내가 힘든 이유는?'
 '내가 불안한 이유는?'

 눈을 감고 위의 것을 생각하며 노트북에 손을 올려놓고 적어 본다. 적다 보면 그 안에서 해답과 의미를 찾는다. 고난이 올 때나 그리 아니할 때나 글을 적으면 그 안에서 새로운 길을 발견한다. 고난을 통해 발견한 의미를 글로 담아낸다. 그렇다. 고난이 온다고 힘들어하거나 슬퍼하지 않아도 된다. 그 고난이 오히려 경력이 되어 삶을 풍요롭게 할 날이 다가온다. 오늘도 글을 쓰며 지금 겪는 고난의 의미를 발견한다.

7

두려움은 당장 벗어 버려라!

고개를 푹 숙인 채로 땅만 바라보고 있었다. 발이 바닥에 붙은 듯 떨어지지 않았다. 앞으로 나아갈 힘이 나지 않았다. 한 발 내밀어야 하는데 마음대로 되지 않았다. 마음과 행동이 따로였다. 아버지가 뭐라고 하는 것 같았다. 들리지 않았다. 무언가 뒤에서 붙잡고 가지 못하게 만드는 것 같았다. 한참 후에야 아버지 목소리가 희미하게 들렸다.

"고개 들어! 앞을 봐! 그리고 천천히 발을 떼고 걸어 봐!"

두려웠다. 앞으로 나아갈 수 있을까? 할 수 있을까? 이런 마음이 나를 가로막고 있었다. 굳어 버린 다리만 생각했다. 굳어 버린 다리는 생각하지 말아야 했다. 앞으로 나아가야 했다. 그렇지만 그러지 못했다. 희미하게 들린 아버지 목소리에 앞으로 한 발 내디뎠다. 다시 한번 마음을 가다듬고 멀리 아버지를 바라보았다. 그리고 한 발 한 발 천천히 나아갔다. 성공했다!

"그렇지! 잘하네. 우리 진행이!"

아버지의 격려는 두려움을 극복하게 만들어 주었다. 아버지는 나를 걷게 만들어 두려움을 이겨낼 수 있도록 해 준 고마운 분이다.

언제인지 기억나지 않는다. 압구정에 있는 헬스장 스타트레인의 정주호 대표님, 직원들, 회원들과 함께 강원도 영월 동강으로 래프팅을 갔다. 래프팅이라! 가기 전날부터 두근거렸다. 설렘 반, 두려움 반으로.

'내가 래프팅을 할 수 있을까?'
'남에게 피해를 주지는 않을까?'

목적지까지 가는 차 안에서는 편히 갔다. 하지만 영월에 도착해 장비를 착용하고 동강 앞에 서는 순간 가슴은 또 뛰었다. 급류를 탄다는 게 얼마나 두려울까? 두려움이 몰려왔다. 그만둘까 하는 마음도 들었다. 그 순간 아버지와 함께한 걷기 연습이 기억났다. '그래, 휠체어에서 벗어나 걸은 나잖아!' 하는 생각이 온몸을 휘감았다. 헬스장에서 일대일로 코치해 주는 선생님도 두려운지 물어보았다. 두려웠지만 할 수 있다고 큰소리쳤다. 하지만 정작 급류를 타려고 보트를 타는 순간부터 또 가슴이 뛰었다. 가슴을 쥐고 있는 나를 보며 사람들은 무섭지 않으니 걱정하지 말라며 안심을 시켜 주었다. 그 말에 조금 힘이 났다. 보트는 처음에는 천천히 가다가 급류를 만나면 빠르게 돌았다. 보트를 있는 힘껏 세게 잡았다. 그랬더니 아무리 급류가 빨라도 괜찮았다. 그 순간 마음속에 한 음성이 들렸다.

'두렵니? 파도를 즐겨 봐!'

그래! 파도도, 급류도 즐기는 거야! 이런 생각이 드니 보트를 타기 전 가졌던 두려움은 사라졌다. 밀려오는 파도를 바라보지 말고 멀리 앞을 바라보니 급류도 탈 만했다. 그러면서 어떤 두려움도 다가와라! 이겨낼 수 있다는 강한 의지가 생겼다.

매달 나에게 도움을 주고 있는 단체가 있다. 그 단체명은 '하선회'다. 하선회가 주관해 2022년 6월 28일에 충남 당진 샬롬의 집에 거주하는 지적장애인분들, 필리핀에서 온 선교사님 가족, 하선회 회원들과 용인 에버랜드에 다녀왔다. CTS 기독교방송에 출연한 장애인 가족 이야기를 보고 하선회를 만든 전기철 목사님이 방송에 출연한 장애인의 딸이 놀이동 산에 가 보는 게 소원이라고 해 가게 된 것이 계기가 되어 매년 가고 있 다. 코로나19로 가지 못하다가 2년 만에 가게 되었다. 그날 비가 예보되 어 있었다. 날씨는 흐렸다. 놀이기구 타던 중 간간이 비가 왔다. 피할 정 도는 아니었다. 함께 다니다가 점심 식사 후 나는 선교사님 가족들과 동 행했다. 걸을 수 있었지만 다른 이들과 보조를 맞추기 위해 휠체어를 타 고 돌아다녔다. 선교사님 아들이 휠체어를 밀고 다녔다. 약간 마른 체형 이지만 요즘 배가 나오는 바람에 몸무게가 무거워졌다. 그런 나를 밀고 다니느라 선교사님 아들이 수고가 많았다.

고소공포증이 있어서 높이 올라가는 놀이기구는 타지 않았다. 놀이동 산에 오면 회전목마나 바이킹 정도만 탔다. 아마존익스프레스도 타며 급 류를 다시 경험해 보았다. 시원하게 옷이 다 젖었지만, 전혀 무서움을 느 끼지 못했다. 고소공포증이 있어도 도전했다. 두려움을 이겨내는 도전이 었다. 강렬한 로큰롤 리듬과 함께 돌고 또 도는, 앞뒤 360도 회전하는 의 자에 앉아 20m 높이에서 느끼는 연속 4회전의 짜릿함을 처음으로 경험 했다. 바로 '더블락스핀'라는 놀이기구다. 약간 두려웠지만, 도전했다. 선 교사님이 한번 타 보라고 했지만 못 타겠다고 말했다. 다른 사람들 타는 걸 보니 겁이 덜컹 났다. 못 타겠다고 손사래를 계속 쳤다.

"저 못 타요! 다른 것 탈게요!"

이렇게 말했어도 마음속으로는 타 보고 싶었다. 그래서 용기를 내어 선교사님 아들과 탔다. 360도 회전할 때는 눈을 질끈 감았다. 하지만 짜릿했다. 타고 내려오는데 다리가 풀려 넘어졌다. 그런데도 해냈다는 자부심에 기쁨으로 가득했다. 다음에 오면 롤러코스터도 도전하고 싶다는 생각이 불끈 솟았다. 못 탈 것 같았던 놀이기구를 탔으니 두려움도 극복할 수 있으리라.

두려움 많은 인생을 살아왔다.

걷기 연습을 하며 두려움으로 인해 한 발도 내딛지 못했지만, 두렵다고 생각하지 말고 그냥 앞을 향해 걸어야 했다. 앞을 보고 그냥 걸었다면 걷는 것에 대한 두려움은 없었을 것이다. 막상 걸어 나가 보니 별거 아닌 걸 그땐 왜 미처 몰랐을까. 넘어지면 어쩌지, 다른 사람들이 쳐다보며 비웃으면 어쩌나 하는 마음이 있었다. 잡생각으로 가득했다. 나이키 슬로건인 'Just do it.' 자세가 필요했다. 동강 래프팅과 에버랜드 놀이기구도 그냥 타 보자는 자세로 탔다. 졸지 말고 당당하게 나아간다면 그까짓 두려움 정도 거뜬히 이겨 내리라 본다. 여전히 두려움으로 가득 차 살아가는 이들 많다. 그까짓 두려움! 벗어 버리고 당당하게 어깨 펴고 함께 작은 것이라도 도전해 보았으면 한다.

8

고난은 나를 단련하는 과정

비정규직 인생, 공무원 시험 연속 불합격, 12년 만의 대학교 졸업.

내게 붙은 수식어다. 짧으면 1년, 길면 2년 이상 비정규직으로 일했다. 계약이 종료되어 다른 직장을 구하며 생계 걱정을 하면서 하루하루 보냈다. 그나마 실업급여 수령으로 몇 달은 견딜 수 있었다. 실업급여를 받으면서 다른 직장을 구했지만, 면접 보러 오라고 하는 회사는 없었다. 지인에게도 직장 소개를 부탁했다. 최대한 알아보겠다고 말하는 이들도 있었다. 몇 군데 소개받아 면접을 보았다. 하지만 결과는 불합격! 매번 이런 상태가 지속되면 기운이 빠졌다. 부모님에게 용돈을 드려야 하는데 적은 실업급여로는 감당이 되지 않았다. 그래서 아르바이트라도 해야겠다는 마음에, 전봇대에 부착된 전단지 배포 아르바이트 광고를 보고 연락을 드렸다.

"안녕하세요. 저 장애인인데 전단지 아르바이트 가능할까요?"

장애인이기에 과연 가능할까 하는 마음이 있었다. 사장은 한번 와 보라고 말을 했다. 자신 없는 모습으로 사무실을 찾아갔다. 자동차 관련 홍보를 하는 회사였다. 사장님은 내 몸을 위아래로 쳐다보았다. 고개를 갸우뚱하기도 하셨다. 한참 고민하더니 한번 해 보라고 하셨다. 그날 바로 일을 시작했다. 첫날이라 200부만 돌리라고 했다. 우리 집 건너편에는 시흥유통상가가 있다. 30개 동이 넘는 대단지다. 주차장에 있는 차 앞에 전단지를 꽂아 놓는 일이었다. 아르바이트할 당시는 더운 7월이었다. 아르바이트를 마치고 나면 온몸이 땀으로 젖었다. 일당제였다. 마치고 사무실로 돌아오면 1만 원의 일당을 받았다. 1만 원을 지갑에 넣고 집에 가는데 괜스레 눈물이 났다. 비록 아르바이트였지만, 일을 할 수 있다는 기쁨의 눈물이었다. 하지만 아르바이트는 한 달만 하고 그만두었다. 사장님은 매일 200장 이상 전단지를 배포하기를 바랐던 것이다. 매일 50장씩 늘려가면서 일을 했으면 몇 달은 더 할 수 있지 않았을까 하는 후회가 남아 있다. 하루에 200장은 돌리지 못했어도, 나름대로 최선을 다했다는 마음에 값진 후회라고 생각한다. 아르바이트를 하고 집에 돌아와서도 일자리를 알아보는 일은 멈추지 않았다.

12년 만에 대학을 졸업했다. 입학은 쉽지만, 졸업은 어렵다는 방송통신대학교를 12년 만에 졸업한 것은 대단한 인내라고 할 수 있다. 하지만 12년 만에 졸업한 데는 그만한 이유가 있었다. 당시 집안 사정이 좋지 않았다. 아버지 월급으로는 부족해서 어머니는 삼 형제를 위해 안 해 보신 일이 없으셨다. 만화 가게, 식당 일도 모자라 파출부까지 했다는 사실을 안 건 대학교 다닐 때였다. 어머니는 세 아들에게 부끄러운 일이 될까 봐 말을 하지 않은 것이었다. 당당히 말씀하셨어도 되지 않았을까. 파출부까지 했다는 어머니 말에 마음이 아팠다. 힘들게 돈을 버시는 어머니 모습은 학업에 몰두하기 힘들게 했다. 그래서 낮에는 일하면서 공부할 수 있는 방송통신대학교의 장점 덕분에 직장을 다니며 학업을 지속해 나갔다. 어머니의 그런 모습을 볼 수가 없었다. 밤늦게 돌아오는 어머니를 보면서 식당 일을 다니는 걸로 알고 있었다. 파출부를 했다는 사실은 나를 방황하도록 만들었다. 전단지 아르바이트로 받은 돈과 영등포 청림재활복지원에서 일하며 모아 둔 돈은 하지도 못하는 게임에 모두 소비했다. 크리스천이라 술은 한 모금도 못 했던 시절이었다. 당시 유일한 해방구는 게임이었다. 취업은 되지 않고 세 아들을 위해 파출부 일까지 하시는 어머니 모습으로 힘든 나날을 보냈다. 교회에 가서 하나님에게 원망 섞인 기도도 했다.

"하나님! 저 왜 이리 힘들죠? 진정 하나님은 계시는지요?"

이런 기도를 한동안 했다. 하지만 하나님은 아무런 말이 없으셨다. 후에 나를 강하게 하려고 한 하나님 마음을 알아가면서 수많은 도전을 통해 단련해 나갔다.

몸도 불편한데, 삶도 힘들었다. 되는 게 하나도 없는 듯이 느껴졌다. 취업이 되지 않으면서 세상을 향해 원망도 했다. 장애인의 몸 상태를 보고, 같이할 수 없다고 말하는 사람들이 이해가 가지 않았다. 일을 시켜 보지도 않고 불편한 몸만 보는 것이었다.

그러던 어느 날, 평소에 자주 읽었고 넘어서야 할 인물로 여기며 멘토로 삼게 되는 닉 부이치치가 한 "네겐 마음속 팔다리가 있다."라는 말이 내 가슴에 들어왔다. 비록 취업이 안 되고 집안 사정이 좋지 않았어도, 닉 부이치치에 비하면 '나는 행복한 사람이구나' 하고 생각했다. 팔다리가 없어서 불행한 게 아니라 마음의 상처를 안고 사는 사람이 더 불행하다는 그의 말은 자극을 주었다.

"진행이 너는 팔다리가 있으니 얼마든지 직장을 구할 수 있고, 집안도 곧 나아질 거야!"

내면의 내가 말하는 것 같았다. 그래! 비록 몸은 불편해도, 반드시 나의 진가를 알아봐 주는 회사가 분명 있을 거야. 불합격 소식이 이어질지라도, 포기만 하지 않으면 되는 거야. 이런 마음이 들도록 닉 부이치치는 나를 단련시켜 주었다.

장애인으로 살아오면서 숱한 고난 가운데 살아왔다. 불편한 몸으로 인해 직장에서 따돌림도 받아 보았다. 일을 시작한 첫날에 해고도 당했다. 집안이 어려워 방황 아닌 방황도 해 보았다. 장애인으로 태어난 이유를 알게 해 주신 하나님을 원망도 해 보았다. 하지만 방황하고 원망한다고 삶이 나아지지 않았다. 매일 운동을 하며 몸을 단련한다. 고난도 마찬가지로 여기면 된다. 운동을 통해 몸을 만들듯이 고난을 거쳐 가면서 진정한 나를 만난다. 인생도 고난도 과정이다. 나다움을 만드는 과정이라고 믿고 오늘도 하루하루 힘들지만 이어가고 있다.

감사 기도

장애를 가졌음에도 **열정**으로 **도전**하게 해 주어 감사합니다

1. 주저앉지 않고, 포기하지 않고 계속 도전하게 해 주셔서 감사합니다.

2. 비판만 하며 살아온 인생! 글을 쓰면서 비판하기 전에 나를 먼저 바라볼 여유를 주셔서 감사합니다.

3. 어떠한 위기 가운데서도 조급함을 내려놓고 오히려 기회가 되어 돌아온다는 걸 알게 해 주셔서 감사합니다.

제4장

만족한 삶을 살기 위한
간단한 방법

1

도전을 하며 나를 알아 간다

왜 장애인으로 태어났는지에 대한 생각은 지금도 매일 한다. 불편한 몸으로 세상을 살아갈 수 있을지 많은 고민과 걱정, 불안 가운데 살아왔다. 나를 알고 싶었다. 장애를 가지고 있는 나를 넘어 나의 정체성을 알고 싶었다. 책도 읽기도 하고, 지인과 얘기하면서 나란 사람에 대해 알아가려고 했다. 하나님에게 물어보기도 했다. 장애인으로 이 땅에 보내신 목적이 무엇이냐고 물어보기도 했다. 때로는 답을 주지 않으셔서 원망도 했다. 세상 사람들이 걸어가는 모습을 보며 불쌍한 눈으로 바라보는 것, 그 자체가 싫었다. 나를 있는 그대로 바라봐 주길 바랐다. 나를 알고 싶어서 다시 기도했다. 그렇게 질문을 하면서 나름의 답을 찾아 나갔다. 내가 자신에게 물은 질문을 나와 연결하며 이야기해 보고자 한다.

첫째, 내가 듣고 싶은 칭찬은 무엇인지, 내가 들었을 때 가장 듣기 좋은 칭찬이 무엇이었는지, 물어보고 스스로 답해 보았다. 그리고 내가 들은 최고의 칭찬은 무엇이었는지도 생각해 보았다. 주변 사람들은 이런 칭찬을 자주 해 준다.

"진행이는 무엇이든지 마음만 먹으면 바로 시작하는 게 좋아."
"웃음이 많고 밝아서 좋아!"
"대단하다, 최고다."
"잘하고 있으니 계속해 봐!"
"잘할 수 있을 거야!"

이 중에서 내가 좋아하는 칭찬은 밝아서 좋다는 말과 잘할 수 있을 거라며 응원해 주는 말이다. 나에게 와닿는 칭찬과 최고의 칭찬을 살피면 내가 중요하게 여기는 게 무엇인지 발견한다. 도전하는 모습을 보면 사람들은 저런 말을 해 준다. 도전하는 걸 멈추지 말아야겠다는 마음이 칭찬을 들으면 솟구친다. 하고 싶은 일이나 좋아하는 일을 직업으로 삼으면 괜찮은 일에 대한 단서를 얻을 수도 있다. 무엇이든지 도전하고자 하는 자세가 필요하다. 도전하고자 하는 마음이 내 안에 있기에 도전한다는 말을 들으면 기분이 좋아진다. 책을 출간한 뒤로 주위 분들은 글을 진솔하게 썼다고 말을 해 주었다. 진솔하게 썼다는 말, 작가로서 자부심을 가지게 해 주었다. 더 좋은 책으로 독자들에게 다가가도록 만들어 준다. 어떤 칭찬을 듣고 싶은지 자기 자신에게 물어보는 것도 자기 자신을 알아가는 데 좋은 방법이다.

둘째, 지인들은 나를 어떤 사람이라고 말하는가 하고 지인들이 바라보는 내 모습을 살피는 것도 자신을 알아가는 데 도움을 준다.

서울에 있는 대학교에 합격해 고향에서 올라온 친구들이 있다. 코로나19로 인해 한동안 고향 친구들을 자주 만나지 못했다. 그런데도 작년에 성남에서 음식점을 하는 고향 친구 형석이를 찾아갔다. 이 친구는 대학을 다니려고 서울에 온 게 아니다. 일본어를 공부해서 일본으로 요리를 배우러 가기 위해 온 것이다. 결국 일본어 공부를 한 결과, 일본 조리 전문학교에 입학해서 요리를 배웠다. 일본에서 만난 일본인 여인과 결혼해 행복한 생활을 하고 있다. 출간한 책도 줄 겸해서 오랜만에 갔다. 어릴 적부터 친하게 지낸 친구라 허물없는 관계였다. 형석은 나를 보면 항상 노력하는 자세가 본이 된다고 말해 주었다. 초등학교 졸업을 앞두고 마지막 겨울방학 때, 중학교 진학 전에 영어를 기초라도 익히고 들어가려고 학원에 다녔다. 중학교 입학해 처음 본 중간고사에서 영어 100점을 맞았다. 학원 선생님조차 믿지 않았다. 반에서 나를 포함한 4명이 100점을 받았다. 음식점을 하고 있는 형석을 포함한 다른 친구들은 '네가 어떻게 100점을?'이라는 표정을 지었다. 믿지 않는 표정을 지으면서도 "진행이 대단하네!"라고 말을 해 주었다. 친구들의 한마디, 한마디는 내가 무엇을 하든지 해내는 사람임을 증명해 주었다. 내가 끈기와 인내의 사람이라는 걸 알게 해 준 어릴 적 추억이다. 친구들에게 직접 물어보거나 SNS에 직접 물어보는 것도 방법이다. SNS에 자신을, 나를 어떻게 생각하는지 물어보는 것은 대단한 용기가 필요하다. 그래도 한번 해 보면 자신이 어떤 사람인지 알 수 있다. 물론 다른 사람들이 생각하는 내 모습이 일치할 수도 있고, 지인의 말에서 미처 내가 몰랐던 나를 발견할 수도 있다. 친구가 나에 대해 잘못 알고 있었던 것도 알 수 있다. 친구가 잘못 알고 있다고 다투면 안 된다. 나에 대한 SNS에서의 반응에 일일이 부정적으로 다가가면 마음에 상처를 갖게 될 수도 있다. 긍정적인 반응은 유지하고, 부정적인 반응은 차츰 고쳐 나가면 된다.

셋째. 내가 멋있다고 생각하는 사람은 누구인가? 그 사람의 어떤 점이 멋있다고 생각하는가? 내가 존경하는 사람은 누구인가? 그 사람의 어떤 면이 존경스러운가? 답해 보는 것이다.

이런 질문에 답하다 보면 나는 어떤 사람이 되고 싶어 하는지 지향하는 바를 알 수 있다. TV에 나오는 유명한 사람일 필요가 없다. 주변에 멋지다고 생각해 온 사람이나 평소에 멋있다고 생각해 온 사람을 떠올려 보면 된다. 내가 보기에 멋있다고 생각하는 사람은 강의하고 싶다는 마음을 갖도록 해 준 닉 부이치치이다. 물론 닉 부이치치의 모든 면이 멋있지만, 서핑도 하고 온몸을 이용해 강의하며 소통하는, 여러 도전을 하는 자세가 멋있다. 존경하는 인물이라는 걸 뛰어넘고 싶다. 더 나아가 나를 걷도록 걷기 연습을 함께해 준 아버지도 멋있는 분이다. 아버지가 아니었다면 지금도 휠체어에 앉아 있을 것이다. 아버지는 생전 겸손하게 맡겨진 일을 묵묵히 하는, 게으름이라고는 모르는 분이었다. 근면과 성실함은 아버지가 물려준 소중한 자산이다.

내가 듣고 싶고 듣기 좋은 칭찬이 무엇이었는지, 지인들이 나에 대해 무엇이라 말하는지, 내가 멋있다고 생각하는 이들이 누구인지 물어봄으로 나를 차츰 알아갔다. 다른 사람들이 내 장점이나 단점을 나보다 더 정확히 알고 있을 수도 있다. 나를 누구보다 잘 알고 있다고 생각되는 사람들, 그냥 좋은 말만 해 줄 사람이 아니라 솔직하게 이야기해 줄 사람들과 이야기할 때 더 정확한 나의 모습을 알 수 있다. 그리고 존경하는 닉 부이치치는 내가 도전을 즐기도록 만들어 주었다. 도전은 나를 멋있는 사람이라 여기게 해 준다. 밝은 사람이고, 잘하고 있다고 말해 줄 때 진정한 나를 알아가는 것 같아 기분이 좋다.

2

나만의 속도로 매일 하는 것이 중요하다

새벽 4시 30분에 하루가 시작된다.

일어나면 부엌으로 가서 냉수 한잔을 마신다. 화장실로 가서 세면한
다. 말씀을 묵상하며 하나님과 대화한다. 묵상이 끝나면 책을 읽는다. 기
독교방송에서 일할 때 일과는 이랬다. 저녁때에도 모니터링을 했지만,
오전에 거의 프로그램이 배정되었다. 배정된 프로그램을 본 후 아침 식
사를 한다. 그리고 모니터링 보고서를 작성한다. 보고서 작성은 30분 안
에 마쳤다. 모니터링 업무를 처음 했을 당시에는 보고서 작성에만 1시간
이 넘게 걸렸다. 웬만큼 숙달된 후부터 짧은 시간에 작성했다. 그만큼 나
만의 시간이 많이 확보되었다. 보고서 작성하고 보고서 올리는 톡방에
올렸다. 새로운 직장으로 옮긴 요즘은 업무 패턴이 바꿨다. 아침 식사 후
잠깐 쉰다. 9시가 되면 회사에서 알려 준 홈페이지에 들어가 자료를 검

색한다. 보고서 양식에 내용을 복사해 넣는다. 그리고 보고서를 업로드한다. 오후 2시에 업무를 마치고 지인들과 약속이 있으면 만난다. 아니면 글을 쓰거나 책을 읽는다. 어머니가 얼마 전 다리 수술을 했기에, 어머니가 다리 주물러 달라고 하면 주물러 주기도 한다. 물론 어머니가 부탁하지 않아도 알아서 하기도 한다. 저녁 무렵에는 뉴스를 본다. 매일 보는 MBN 〈뉴스 파이터〉는 처음 본 사람은 있어도 한 번만 본 사람은 없는 뉴스 프로그램이다. 앵커의 유머러스한 말투와 함께 출연하는 분들의 날카로운 분석을 보는 재미가 쏠쏠하다. 저녁 식사 후 강의를 듣거나 책을 본다. 수요일과 목요일은 책 쓰기 강의와 문장 수업을 듣는다. 그 두 날은 어떤 일이 있어도 지키는 편이다.

오후에 글을 쓰거나 독서를 한다. 때로는 지인들을 만난다. 하지만 집 근처 관악산 둘레길을 걷거나 운동을 하곤 한다. 얼마 전, 건강검진을 받고 운동을 매일 해야 한다는 의사 선생님의 말을 들은 후 빠지지 않고 운동하고 있다. 며칠 운동을 하지 않으면 몸에서 신호가 온다. 허리가 아프거나 다리가 삐걱거린다. 어떨 때는 앉았다가 일어서려고 하면 일어날 수가 없었다.

10분 운동을 하고 있다. 10분은 짧다면 짧은 시간이다. 다른 사람들이 10분 동안 운동이 되냐고 물어본다. 작년까지는 하루 10분 운동을 하고서도 가뿐히 견딜 수 있었다. 요즘은 집에서 자전거를 타거나 수건, 짐

볼, 필라테스 링을 이용해 운동한다. 집에서뿐만 아니라 맑은 공기를 쐬며 운동하고 싶다면 동네 한 바퀴를 돈다.

카페나 지인들과의 만남, 강의를 들을 때는 하지 않는 행동이 있다. 지인에게 배운 발음 연습 방법이다. 집에서는 책을 읽거나 글을 쓸 때, 운동하면서 발음 연습을 한다. '아, 이, 오, 우, 에'를 발음하는 거다. 그냥 발음하는 것에 아니라 '아' 발음 시, '아' 하고 입술을 움직이지 않고 10초 동안 있어야 한다. 이 행동은 책을 읽거나 운동하거나 TV를 볼 때 무의식적으로 나오고 있다. 시간을 정해 놓고 하지 않는다. 언젠가 무의식적으로 나오는 이 행동을 지인들과 커피를 마시는 자리에서 사람들 없는 틈을 이용해 시도한 적이 있다. 잠깐 자리를 비웠다가 돌아온 지인이 나의 행동을 보고 뭐 하고 있었냐고 물었다. 발음 연습 중이라고 했다. 어떻게 하는 건지 보여 줬더니 효율적인 방법인 것 같다고 말해 주었다. "아 진행이가 이 방법을 매일 해서 발음이 좋아졌구나."라는 말도 덧붙였다. 그동안 꾸준히 해 온 보람이 느껴졌다.

매일 오후 2시가 되면 글을 집중적으로 쓴다. 물론 알람이 울리면 글을 쓰기도 하지만, 2시 전부터 글을 쓰기도 한다. 알람 설정 방법은 글쓰기 습관을 들이기 위해 생각해 낸 방법이다. A4 한 페이지를 적을 때도 있고, 한 장이 넘어갈 때도 있다. 글을 적기 전에 자료를 수집해 놓기도 한다. 글을 쓰다가 막힐 때가 종종 있다. 그럴 때는 책을 읽거나 자료를 다시 찾아본다. 그러면 글이 자연스럽게 써진다. 매일 일정량을 꾸준히 적어 나가는 게 글쓰기에 도움 된다. 매일 그날 일상을 있는 그대로 적는다. 일단 초고는 그냥 마음 내려놓고 써 내려간다. 수정은 퇴고할 때 하면 되니까. 초고 작성 시 때로는 막히더라도 마지막까지 어떻게든 채우고 나면 날아갈 듯이 기분이 좋다. 초고는 채우는 맛이 있어 쓰는 내내 자판을 두드리는 쾌감은 말로 다 할 수 없다. 그냥 매일 글을 적어 나간다.

매일 내가 하는 건 운동, 발음 연습, 글쓰기, 회사 업무다. 독서도 한다. 시간을 정해 놓고 하는 것도 있다. 하지만 대개 그냥 한다. 그러면서 '즉시, '반드시, 될 때까지'라는 정신으로 매일 덤덤하게 한다. 그냥 하기에 하기 싫은 이유를 찾지 않는다. 하루하루 최선을 다해 살 뿐이다. 요령이나 핑계 대지 않고 흐름대로 그냥 한다. SNS 속 지인들의 일상과 비교하지 않는다. 부러워하지 말고, 부러우면 해 보는 거다.

'저 친구도 하는데 나라고 못 할 것 없잖아.' 하며 뛰어들어 보는 건 어떨까?

피겨 요정 김연아 선수에게 매일 어떤 마음으로 훈련하냐고 물었을 때 "생각은 무슨 생각을 해요. 그냥 하는 거예요."라고 대답했다는 유명한 일화를 보았다. 김연아 선수도 그냥 하는 거라 말한 걸 보면, 마음의 준비를 하고 임할 필요는 없다. 그냥 하는 거다. 어떤 상황 속에서도 꾸준하게, 성실하게 자신의 길을 가면 된다. '한번 해 보는 거야!'라는 마음으로 그냥 해 보는 거다. '해도 안 될 거야.'라는 자세는 접어 버리고, 묵묵히 그날 해야 할 일 하고 하루를 마무리하면 된다.

처음엔 장애가 싫었다. 그러나 살아야 했다.

걷기부터 시작했다. 힘들었다. 포기하고 싶었다. 울기도 많이 울었다. 그런 시간을 다 이겨내고, 지금은 '그냥' 한다. 이유? 목적? 필요성? 그런 것들 따위 생각하지 않는다. 주어진 하루, 주어진 인생 묵묵히 받아들이고 할 일을 한다. 하루에 책 다섯 페이지는 꼭 읽는다. 매일 한 페이지 글을 쓴다. 사람이 그리우면 내가 먼저 전화를 한다. 빠트리지 않고 운동한다. 발음 연습도 한다.

시간 날 때, 컨디션 좋을 때, 마음 내킬 때…….
그런 건 없다. 나만의 속도로, 그저 매일, 할 일을 한다.

3

긍정적인 생각은 긍정적으로 살게 한다

아버지가 함께해 주어 걷게 되었다. 걷기 연습은 가능성을 보게 해 주었다. 자신감을 주었다. 조금이나마 걷게 되면서 초등학교 친구들은 내 걸음걸이를 따라 했다. 따라 하지 말라고 하면 어눌한 말투까지 똑같이 했다. 어떻게 걷게 됐는데. 걸음걸이를 따라 하는 것을 보면 힘이 없어서 친구들을 때릴 수가 없었다. 치고 싶었다. 휠체어를 타고 다녔을 때도 짓궂게 굴었던 친구들이었다. 휠체어에서 벗어나 걷게 되었으면 대단하다고 칭찬해 주지는 못할지언정 따라 하는 친구들이 미웠다. 간혹 휠체어를 밀어 주었던 친구들은 내 말을 따라 하는 친구들에게 "진행이 말 따라 하지 마!"라고 말해 주기도 했다. 그래도 따라 했다. 아버지가 학교에서 지나가시다가 뭐라고 하면 잠시 주춤하다가 아버지가 사라지면 다시 괴롭혔다. 담임선생님 계실 때와 계시지 않을 때도 확연히 달랐다. 계시면 잘해 주는 듯하다가도 계시지 않으면 다시 건드렸다. 아무리 어렸을 때였지만, 친구들의 괴롭힘은 나를 낙담케 했다. 부모님에게 말도 못 했다. 부모님이 마음 아파하는 모습을 보는 것이 오히려 더 마음 아플 것 같았다. 동네에서 나이 어린 동생들도 놀렸다. 걸음걸이를 따라 하며 내 뒤를 따라왔다. 따라오지 말라 하는데 계속 따라왔다. 못 참고 화를 냈다. 화를 내건 말건 동네 아이들은 계속했다.

방송통신대학교를 다니면서 직장 생활을 함께 했다.

1995년 5월에 지인 소개로 영등포에 있는 청림재활복지원에서 일을 시작했다. 거기에서 일하다가 복지원에서 제조해 판매하고 있는 민속놀이 기구를 팔기 위해 선교 단체인 유스미션에서 알게 된, 성남 분당에 있는 전자부품연구원 원장님에게 홍보하러 갔다. 하지만 물건을 팔아 주는 대신 그 연구원에서 일하게 되는 행운을 얻게 되었다. 연구원에서는 열심히 일했다. 연구원에서 일하게 해 준 원장님을 봐서라도 실수하지 않고 최선을 다해 일하고 싶었다. 업무에 부족한 게 있으면 퇴근하고 집에서 보충했다. 그래도 가끔 실수를 연발했다. 일을 하나 맡겨 주면 며칠이 걸려 마무리했다. 재무관리실에서는 재무 관련 서류를 스캔하는 업무를 했다. 하지만 스캔할 때, 종이가 끼어 들어가 찢어지는 일이 일어나면, 어쩌지 하는 마음에 망설였다. 낙담하곤 했다. 시무룩해 있는 나를 옆자리 여직원들은 괜찮다고 하며 다독여 주었다. 실수한 나에 대한 실망으로 가득했다. 옆에 있는 여직원 말은 아무런 도움이 되지 않았다. 결국엔 내가 바로 앞에 있는데도 다음부터 장애인 뽑지 말자는 말까지 하는 걸 들었다. 내 잘못이었다. 실장님이 가까이 다가와 괜찮다고 말해 주었으면 얼마나 좋았을까. 실장님은 아무런 말도 하지 않았다. 그저 지켜보고 있었다. 연구원에서의 첫 근무는 총무인사실에서 했다. 1년 뒤 재무관리실로 옮겼다. 총무관리실, 재무관리실 둘 다 인간관계, 잦은 업무 실수로 인해 부정적 마음으로 일을 했다.

'나는 왜 이럴까?'
'왜 실수만 연발할까?'

부정적인 말투로 하루하루를 살아갔다. 열심히 하려는 마음은 가득한데, 늘 잘못을 저질렀다. 업무에 필요한 스킬도 개인적으로 연마했다. 그래도 실수는 계속 이어졌다. 연구원은 장애인을 채용하지 않으면 벌금을 내야 한다는 걸 알고 있었다. 하지만 내가 나가면 벌금을 내고 장애인을 채용하지 말자는 말만 했다. 장애인 채용 실태에 대해 말하려는 건 아니다. 단지 당시 일을 하면서 나의 마인드 상태를 말하고 싶다. 무엇이 잘못됐는지 알려 주지도 않는 저들의 태도가 나를 부정적으로 만들지 않았는지 생각해 본다. "실장님! 무엇이 잘못되었는지 알려 주십시오!"라고 말하면 돌아오는 답변은 알아서 찾아내라는 것이었다. 조금이라도 방법을 알려 줬으면 했다. 기분만 다운되었다. 그러면서 직원들 우편물을 받아오거나 자잘한 일만 했다. 일 같은 일을 맡겨도 안 되니 자잘한 일만 맡겼다. 점심시간에 식당에서 식판 들어 주는 것은 좋았지만, 업무 볼 때는 주눅이 들었다. 퇴직하면서 들었던 말은 "진행 씨에게 맞는 업무가 무엇인지 잘 생각해 그 분야로 가는 게 좋을 것 같아!"였다.

장애로 인해 어릴 때 따돌림과 불편함을 겪었다. 회사에서 직원들 간 소통 문제로 매일 기분은 좋지 않았다. 나에게 일어난 일련의 일들로 무엇을 하든지 안 된다는 마음을 가지게 됐다. 아버지의 도움으로 걷게 되면서 할 수 있다고 생각했다. 하지만 세상은 냉혹했다. 걷게 된 뒤, 학교 친구들은 내 발걸음과 말투를 따라 했다. 회사 다닌다고 좋아했지만, 회사 생활은 그리 평탄하지 않았다. 같이 일하는 직원과의 소통 부재와 늘지 않는 업무 스킬로 자존감은 낮아지고 있었다. 낮아진 자존감은 부정적인 사람으로 만들었다.

대책이 필요했다.

연구원을 퇴직한 뒤, 취업이 될 걸 대비해 학원을 다니며 업무 스킬을 배우거나 유튜브 영상으로 보충했다. 연구원 그만두고 몇 달 뒤, 사회복지기관에 취업이 되었다. 거기서 일을 할 때는 달라졌다. 실수하면 내 탓만 했는데, 그땐 '그래, 실수해도 괜찮아. 다시 시작하면 돼.' 하고 긍정

마인드를 가지게 되었다. 사회복지기관 입사하기 전, 아침마다 거울을 보며 웃는 행동을 매일 한 것이 조금 도움이 되었다. 실수하면 다시 해 오겠다고 당당히 말했다. 괜찮다고 해도 다시 해 갔다. 긍정의 대답을 들을 때까지 노력했다. 실수하며 배워 나갔다. 실수해도 당당히 다시 해 오겠다고 말하는 자세는 긍정적인 나로 만들어 주었다.

일이 풀리지 않는다고, 늘 실수한다고 의기소침해져 포기하지 않는다. 그것이 오히려 부정적인 마음을 가지게 한다. 지금도 생각한다. 상사에게 꾸중 들었다고 무너져 버려 '나는 역시 안 돼!'라고 생각했더라면 지금 어떻게 되었을까? 매일 부정적인 마음으로 살았으리라. 그런데 어디선가 본 듯한 이 문구가 마음을 잡아 주었다. '부정적인 마음은 부정적인 문을 열고, 긍정적인 마음은 긍정적인 문을 연다.'라는 말. 세상이 내 뜻대로 돌아가지 않는다고 부정적 생각으로 살지 않는다. 내가 세상을 밝게 만들면 된다. 내가 먼저 웃어 타인이 나를 보고 웃는, 긍정으로 가득한 세상을 기대하며 나가면 된다. 아침에 일어나면 '나는 잘된다! 오늘 하루도 웃자!'라고 외친다. 긍정적인 마음으로 긍정의 문을 매일 연다.

4

작은 일부터 꾸준히 하기

네이버 국어사전에 꾸준함은 '한결같이 부지런하고 끈기 있는 것.'이라고 되어 있다. 부지런하고 끈기 있게 하는 게 클 필요는 없다. 작은 일부터 행동해 나가면 된다. 매일 일어나는 시간이 일정하다. 새벽 4시 30분이 기상 시간이다. 일찍 일어나는 것이 꾸준함일지 모르겠다. 어김없이 같은 시간에 일어나기에 꾸준하다는 증거이다. 꾸준하다는 건 그만큼 성실하다는 것이다. 돌아가신 아버지는 살아 계셨을 때 전날에 늦게 들어와서 잠을 잤어도 다음 날 정확히 6시에 일어났다. 전날, 술을 드시고 들어왔어도, 일어나는 시간은 일정하셨다. 아버지는 아침에 일어나면 우리 삼 형제를 깨우셨다. 깨우시면서 한마디 하신다.

"요놈들아! 아침에 좀 일찍 일어나거라!"

아버지 말을 듣고도 우리 삼 형제는 이불 속으로 다시 들어갔다. 그러면 아버지는 이불을 걷어 냈다. 고향집은 바깥에 수돗가가 있었다. 아버지는 차가운 물을 세숫대야에 담아 주셨다. 우리 삼 형제는 졸린 눈을 비비며 나와 서로 씻겠다고 싸웠다. 그러다가 아버지는 첫째인 나부터 씻으라 했다. 다음은 둘째, 다음 셋째! 아버지는 세 아들에게 근면하라는 걸 행동으로 보여 주었다. 평생 게으름이라는 걸 피워 보지 않으신 아버지는 근면함과 더불어 아침 일찍 일어나는 작은 일조차 하지 못하면 큰일을 하지 못한다는 걸 몸소 보여 주었다. 조금이라도 늦게 일어나면 아버지 목소리가 들릴 것 같아 어떤 일이 있어도 6시면 일어났다. 어렸을 적에는 6시에 일어났다. 하지만 요즘은 전날 새벽에 잤어도, 4시 30분에 일어나고 있다. 일어나는 시간은 달라졌어도, 어렸을 때 습관이 아직도 배어 있다.

책을 읽는 것, 마찬가지다. 매일 책을 꾸준히 읽는다. 하루 10분! 매일 책을 읽는 데 할애한다. 10분이 넘을 때도 있다. 넘으면 보통 한 시간에서 두 시간이다. 바쁜 날에도 시간을 쪼개 한 페이지라도 읽는다. 독서는 어릴 때부터 만들어진 습관이다. 고향에서 살 때 아버지는 전집이나 동화책을 사 주고 읽게 했다. 아버지는 책을 읽지 않으시면서 책장에 진열하시는 걸 좋아하셨다. 아버지는 일을 시작하면 성실히 하셨지만, 아들들 앞에서는 책을 읽으시는 모습은 보이지 않으셨다. 아버지는 신문을 읽는 게 전부였다. 책장에 있는 책을 동생과 함께 읽고 또 읽었다. 서울로 이사하면서 그 많던 책을 가지고 오지 못했다. 아직도 그 책이 시골집 책장에 있다. 고향에 못 간 지 10년이 넘었다. 고향에 가면 책장에 있는 책을 꺼내 읽었던 추억에 젖어 보고 싶다. 본인은 읽지 않았어도 아버지의 영향은 조금 있다. 동생들과 함께 어릴 적 방바닥에 누워 사이좋게 책을 읽었던 그때가 그립다. 어릴 때부터 형성된 책 읽는 습관이 지금까지 이어지고 있다. 책 한 권을 일주일이면 다 읽는다. 시간적 여유가 있을 때는 20페이지에서 30페이지 정도 읽는다. 책을 읽는 데서 끝나지 않고 20페이지 이상을 읽었건 한 페이지를 읽었건 그 안에서 그날 행동할 한 가지를 찾는다. 그리고 행동한다. 이 방법은 어떤 일을 꾸준하게 하도록 도움을 준다.

건강하게 활발한 활동을 하고 싶어 매일 꾸준히 운동한다. 운동도 꾸준히 하면 건강에 도움이 된다. 처음부터 큰 운동기구로 하면 몸에 무리가 간다. 헬스장에 가지 않고 집에서 운동하거나 동네 한 바퀴 도는 정도다. 압구정 스타트레인에서 운동할 때다. 운동하러 간 첫날, 스트레칭하고 나서 작은 운동 도구를 이용해 운동했다. 적은 무게의 아령으로 운동을 시작했다. 그런 다음 점점 무거운 무게의 아령으로 운동을 했다. 처음부터 큰 운동 도구로 했다면 오래 버티지 못하고 포기했을 것이다. 포기하지 않기 위해서 작게 시작해야 한다는 걸 운동을 하며 배웠다. 집에서 운동할 때도 무거운 아령으로 운동하지 않고 가벼운 수건을 이용해 스트레칭을 먼저 한다. 그런 다음 아령을 들고 운동한다.

아침에 정한 시간에 일어나는 것! 매일 일정한 분량의 책을 읽는 것! 매일 운동하는 것! 작은 행동이다.

전날에 아무리 늦게 자더라도 아침에 일어나는 시간은 정확히 새벽 4시 30분이다. 작게 행동을 꾸준히 한다. 작은 성장을 하고 있다. 약한 체력, 걱정, 자책, 완벽하게 하려는 마음, 스스로 믿지 못하는 마음이 포기를 자주 하는 자들이 가지고 있는 특징이다. 강한 체력이 꾸준함을 만든다는 걸 알기에 운동을 쉬지 않는다. 체력이 뒷받침해 주어야 포기하지 않고 마지막까지 한다. 남산 둘레길 10㎞ 걷기 대회 나갈 때도 마지막까지 완주했다. 만약 체력이 뒷받침되어 주지 않았다면 중간에 주저앉았을 것이다. 그리고 함께해 준 사람들의 격려와 응원도 완주에 도움을 주었다. 요즘은 집에서 평소에 하지 않던 팔굽히기도 한다. 한 개 하기도 벅차지만, 한 개라도 하려고 노력한다. 시작도 하기 전부터 겁부터 먹으면 꾸준히 하지 못한다. 책 한 권 쓰고 싶었다. 이은대 작가에게 연락해 쓰고 싶다고 말을 했다. 당시 '내가 글을 쓸 수 있을까?', '가능할까?' 하는 마음이 있었다면 감히 도전도 못 하고 포기해 버렸을 것이다. 부정적인 마음을 가지고 겁부터 먹었다면 책 출간은커녕 글 쓰는 삶을 이어나가지 못하지 않았을까. 걷기 연습할 때 며칠간은 걸을 수 있을까 하는 마음이 들었지만, 걷고 나서부터는 당당히 걸어 나갈 수 있었다. 만약 걷지 못하는 나를 향해 '나는 걷지 못할 거야!'라고 자책했더라면 지금의 나는 상상할 수 없을 것이다. 글쓰기를 배우면서 완벽한 글을 쓰려는 마음이 있었다. 처음부터 완벽하게 하려고 무리수를 두었다. 하지만 글쓰기 수업을 들으면서 처음부터 완벽한 글을 기대하며 쓰면 실망할 수 있다는 생각이 들었다. 매일 아침 일찍 일어나고, 책을 읽고 운동하고 글을 쓰는 건 나에 대한 신뢰를 쌓도록 도움을 주었다. 할 수 있다는 자신감을 불어넣어 주었다.

강한 체력으로 만들어 주고, 걱정과 자책을 멀리하고, 완벽하지 않아도 나아가도록 하고, 나를 믿는 믿음을 가지도록 해 준 건 매일 꾸준히 하려는 작은 행동이었다. 큰 성공을 위해 크게 행동하지 말고 작은 성장을 위해서라도 작은 행동을 한다. 작은 행동으로 꾸준함을 만들어 나간다. 꾸준함 속에서 진짜 나를 발견한다. 꾸준함은 살아 있다는 걸 알게 한다. 느리지만 앞으로 나아가는 달팽이처럼 오늘도 꾸준히 행동한다.

5

자신이 하고 싶은 일부터

장애인으로 태어나지 않았더라면 하고 싶은 일이 무엇인지 생각하며 보냈다. 학교 선생님도 하고 싶었고, 연구원에서 연구 활동을 하는 걸 꿈꾸기도 했다. 선생님이 되어 아이들을 가르치고 싶어, 재봉틀 의자를 앞에 놓고 가르치는 시늉을 하기도 했다. 아버지가 학교에서 일하셔서 집에 분필을 가져다 놓으시곤 했다. 분필로 대문 옆 양철 창고 문에 글을 적어 가면서 가르치는 흉내를 냈다. 어눌한 말투로 아무도 없는 앞을 바라보면서 교사 흉내를 냈다. 지금 생각하면 천진난만했다. 가르치는 일을 하고 싶었나 보다. 장애인으로 태어나지 않았다면 교사를 하는 모습을 가끔 그려 본다.

학창 시절에 연습장에 꼬불꼬불한 글씨로 시도 쓰고 산문도 적었다.

그리고서 마음에 들지 않으면 찢어서 버렸다. 말도 안 되는 시, 앞뒤가 맞지 않는 산문을 적었다. 간혹 잘 쓴 시나 산문이 나오면 가족이나 친구들, 주위 분에게 보여 주었다. 고등학교 1학년과 3학년 담임이 같았다. 김주영 선생님! 선생님은 항상 무언가 적고 있는 나를 보면서 이런 말씀을 했다.

"진행이는 삐뚤삐뚤한 글씨로 뭔가 적는데 주제를 정해서 적어 보는 것도 좋을 듯하네."

아마도 선생님은 작가가 될 나를 미리 그려 보며 얘기했을지도 모른다. 선생님은 국어를 가르쳤다. 대학도 국어국문과로 가고 싶었다. 하지만 국문과로 지원하면 합격할 가능성이 희박하다고 했다. 몇 년간 지원률이 미달이었던 법학과를 지원했다. 물론 법학과는 어쩔 수 없어서 지원했다고 볼 수 있다. 하지만 초등학교 시절, 법을 공부해 변호사가 되고 싶은 생각도 했다. 변호사가 되어 어려운 사람들을 변호해 주고 싶었다. 법 공부는 하면 할수록 재미가 더해 갔다. 매년 이어진 미달 상황으로 지원해 합격한 경우였어도, 지원 잘했다는 생각이 들었다. 꿈은 이루지 못했지만, 모의 법정 때 변호사 역할을 체험해 보았다. 검사 역할도 했었다. 검사복을 입고 찍은 사진은 가지고 있지 않다. 변호사와 검사 역할을 해 본건 짜릿한 경험이었다. "피고에게 법정형 3년을 선고해 주기를 요청합니다.”라고 말한 내 목소리가 들린다. 모의 법정 전날에 동기들끼리 모여 토론하고 준비하던 기억이 새록새록 난다. 비록 장애는 달랐지만 얼마 전 종영된 드라마 〈이상한 변호사 우영우〉를 보는데, 보는 내내 대학 시절 모의 법정에서 검사와 변호사 역할을 한 내 모습이 오버랩되었다.

‘교사와 변호사!’ 하고 싶었다.

장애가 제약 요인이 되어, 하지 못했어도 간접적으로나마 경험을 해 보았다. 학교 교사의 꿈을 이루지 못했다. 하지만 그렇다고 볼 수는 없다. 학교에서 아이들을 가르치는 꿈은 이루지 못했지만, 교회에서 중고등부 교사를 하고 있기에 교사의 꿈은 이룬 거나 다름없다. 처음 교회에서 중고등부 교사를 하고 싶다고 했을 때, 담당 교역자는 할 수 있을까 하는 표정을 지었다. “몇 주간 기도하고 나서 결정하겠습니다.”라고 했다. 전도사님은 기도 후, 같이하자는 긍정적인 답을 해 주었다. 처음부터 반을 맡기지 않았다. 중보기도 팀을 만들어 운영해 보라고 했다. 몇 주간은 혼자 시간을 가졌다. 왜? 학생들이 아무도 오지 않았다. 홀로 기도의 시간을 가졌다. 그런 후 차차 학생들이 중보기도 팀에 합류해 함께 기도했다. 중보기도 팀을 2년간 맡아 사역했다. 그러다가 부담임을 3년간 한 후, 담임을 맡아 사역했다. 지금은 처음 교사를 시작한 교회가 아닌 다른 교회에서 교사로 사역을 하고 있다. 2022년, 세 명의 고1 남자아이와 주일마다 함께했다. 2022년이 다 끝나가는 시점에 돌아보았다. 세 명의 아이들과 진정한 소통을 했는지. 돌아보면 반반이라는 생각이 들었다. 분반 공부 때마다 어눌한 말투인 내 말을 알아들으려고 노력했던 아이들 모습이 어찌나 귀여웠는지!

학창 시절, 무언가 끄적끄적하는 아이였다. 방학 숙제로 글쓰기 과제가 있었다. 방학 동안 과제를 해서 개학하는 날에 제출하면 꼭 '장려상'을 받았다. 초등학교 6학년 말에 문집에 실었던 시 한 편은 작가로서의 가능성을 보게 해 주었다. 시 한 편이 지금의 작가로 만들었다고 봐도 무방하다.

자신이 하고 싶은 일부터 하라는 말을 듣는다. 하지만 내 경우를 보면 내가 하고 싶어도 할 수가 없었다. 이루고 싶은 꿈을 이루진 못했어도, 간접적으로 경험해 보았다. 대학교 시절 모의 법정을 통한 검사와 변호사 간접 체험, 학교에서가 아닌 교회에서 교사를 지금도 하는 걸 보면, 자신이 하고 싶은 일은 여러 가지 경험해 보면서 찾아보라고 하고 싶다.

자신이 하고 싶은 일이 있다는 것! 행복한 일이다.

많은 사람이 자신이 진정으로 하고 싶은 일이 무엇인지 알지 못한 채 그냥 살아가는 경우가 많다. 자신이 무엇을 하고 싶은지도 모르고 하루하루 다람쥐 쳇바퀴 도는 삶을 살아가고 있으니 이 세상을 살아가는 재미가 있을 리 없다. 자신이 진정으로 하고 싶은 일을 파악하고 그 결정을 스스로 내릴 수 있어야 한다. 다만 하고 싶은 일이 있지만, 현실적인 어려움에 포기한다면 나중에 더 큰 미련이 찾아와 자신을 더욱 괴롭히게 될지 모른다. 첫술에 배부를 수 없다. 인생은 모험이다. 여러 가지를 경험해 봐야 한다. 실패도 해 보면서 부딪혀 봐야 한다. 지금은 글을 쓰며 살고 있다. 글을 쓰는 사람으로 살지는 나도 몰랐다. 어릴 적 연습장에 끄적끄적하는 행동을 한 게 전부였다. 그랬던 내가 지금은 작가로 활동하고 있다. 자신이 하고 싶은 일! 무언가 열심히 하다 보면 그것이 하고 싶었던 일이었음을 알게 된다. 작가가 되고 싶어 책 쓰기 수업을 들었다. 글을 매일 꾸준히 써 가면서 진정 내가 하고 싶었던 일을 찾았다. 그건 바로 글쓰기였다. 하고 싶은 일이었던 글을 쓰고 있는 요즘, 하루하루 일상이 글로 쌓이고 있다.

6

나답게 사는, 내려놓는 삶

약속이 있어서 집을 나섰다. 골목길을 지나가는데 뒤에서 누군가 따라왔다. 말을 하며 따라왔다. 그러면서 액션을 취하는 게 느껴졌다. 곁눈질로 쳐다보니 초등학생이었다. 뒤돌아 한마디 하고 싶었으나 참았다. 계속 내 걸음걸이를 흉내 낸다. 참지 못하고 뒤돌아 부드러운 목소리로 말을 했다.

"얘들아! 아저씨 걸음걸이 따라 하지 않았으면 해!"

아이들은 알았다는 표정을 지어 보였다. 그 표정을 보고 다시 갈 길을 갔다. 하지만 말뿐이었음을 알아채기까지 몇 초 걸리지 않았다. 가는데 뒤가 또 이상했다. 애들은 내 말을 잊어버리고 더 심하게 내 걸음걸이를 똑같이 했다. 도저히 안 되겠다 싶었다. 뒤돌아섰다. 아이들이 내 표정을 보고 멈칫했다.

"요놈들! 너희들 말 안 듣는구나! 아저씨가 뭐라고 했니? 따라 하지 않았으면 하고 부드럽게 말했지? 그런데 너희들 아저씨 뒤돌아선 지 몇 초도 안 되어 또 따라 하네. 화나게 할래!"

화내지 않고 두 번째에도 부드럽게 말을 하려고 했다. 하지만 강하게 나가고 싶었다. 이날 내 걸음걸이를 따라 한 아이들 말고도, 부모가 함께 있어도 그러는 아이도 있었다. 한번은 부모와 길을 가다가 나를 보고 따라 하는 아이에게 한마디 해 주려다가, 그 아이 어머니에게 말을 했다.

"어머니, 아이가 장애가 있는 사람 걸음걸이를 따라 하는데 아무런 말을 안 하시네요."

하지만 어머니 말이 나를 더 슬프게 했다.

"제가 저지한다고 아이들 안 들어요. 그냥 지나가세요."

저지한다고 안 듣는 아이들이라고? 잘 알아듣게 주의 주겠다는 말 한마디 하면 될 걸, 말한다고 듣지 않는다고? 이해가 가지 않았다. 정작 장애인인식개선교육은 부모들이 먼저 받아야 한다고 평소에 생각해 왔다. 부모가 먼저 배워 가정에서 부모들이 가르쳐 주면 더 효과적인 장애인인식개선교육이 되지 않을까.

그냥 모른 체하고 갈 길 갔으면 하는 생각도 들었다. 그래도 할 말은 하고 싶었다. 아이들 행동을 넘어 부모의 반응이 화가 나게 했다. 그 후로 길을 가는 내 뒤에서 아이들이 따라 하건 말건 아무런 말을 하지 않고 갈 길을 갔다. 뒤를 돌아보고 싶은 마음을 억눌렀다. 뒤돌아보지 말자! 절대! 이런 마음으로 요즘은 뒤돌아보지 않는다.

아버지와 함께해 걷게 된 나! 그럴지라도 길을 가다 보면 아직도 두렵다. 사람들이 나를 바라보는 시선, 불쌍하다는 생각, 장애만 바라보는 게 두려웠다. 취업해서 일하게 되면 능력이 아닌 장애를 먼저 보는 사회적 현상은 장애인으로 살아가는 데, 방해되었다.

"불편하신 것 같은데, 잘 걸으시네요!"
"하려고 하는 의지가 보이니 장애도 두렵지 않을 것 같아요."

이런 말을 해 주면 얼마나 좋을까. 말 한마디라도 용기를 주고 힘이 되는 말을 해 주면 좋겠다. 그런다면 장애인을 바라보는 시선이 달라지리라 믿는다. 두려움을 만드는 세상이 싫었다. 자신의 장애를 소재로 삼아 개그를 하는 지인이자 코미디언 동생 기명이를 보며 내려놓는다는 게 무엇인지 배운다. 장애인을 특수한 사람으로 취급해 특수학급, 특수학교라는 용어를 사용하는 걸 풍자해 개그를 하는 기명이를 보며 내려놓는다는 건 장애를 인정하고 자신을 있는 그대로 바라보는 것임을 알게 되었다.

장애인으로 태어난 것이 부끄러웠다. 걸어가는 모습을 따라 하는 아이들로 인해 마음이 상했다. 장애를 숨기고 싶었다. 걷기 연습을 하며 당당히 걷게 되었다. 당당하게 걷게 된 나에게 초점을 맞췄어야 했다. 누가 뭐라 하건, 걸음걸이와 말투를 따라 하건, 그냥 무시하고 지나갔으면 속이 편할 거란 생각이 들었다. 내 장애를 바라보는 눈길을 외면하는 지혜도 필요하다. 하지만 잘못됐다고 생각되면 무엇이 잘못되었는지 당당히 말을 해야 한다. 더 나아가 나에게 집중하며 사는 자세가 내려놓는 방법이지 않을까.

매일 도전하고 감사하며 사는 인생이야말로 자신의 가치가 무엇인지 안다. 걸어가는 모습을 바라보든, 말투를 따라 하든 상관하지 않는 자세! 있는 그대로를 인정하고 현재 살아 있음에 감사하며 소소하게 살아가는 것! 이것이야말로 진정한 내려놓음 아니겠는가. 그러면서 아닌 건 아니라고 당당히 말하면서 나만의 길을 오롯이 걸어 나가는 것 또한 필요하다. 장애를 극복하며 살지만, 오히려 장애를 수용하고 산다면 뒤가 싸늘해도 관여하지 않고 나답게 당당하게 나아갈 수 있으리라.

7

삶에 투자한 만큼 돌아온다

아버지와 함께한 걷기 연습으로 걷게 된 이후에도 연습은 꾸준히 했다. 걷게 되었다고 자만한 마음에 멈추지 않았다. 나에게 투자했다. 걷기 투자를 했다. 매일 하는 것을 나는 '투자'라 말한다. 하루에 5분 투자하기도 하고, 그 이상 투자도 한다. 무의식중에 하는 투자도 있다. 동네 아이들이 걷는 모습을 따라 할지라도 뒤돌아보지 않고 앞만 보고 계속 걸어간다. 건강한 몸을 위해 운동을 게을리하지 않는다. 운동은 일주일에 2~3회, 하루 10분, 그 이상도 투자한다. 어눌한 말투이지만 더 나아지기 위해 발음 연습도 하고 있다. 발음 연습은 시간을 정해 놓고 하지 않는다. TV를 보며 쉴 때도, 책을 읽을 때 무의식적으로 나오도록 훈련이 되어 있다.

살아가는 지혜를 배워 삶으로 실천하기 위해 책을 읽는다. 독서로 나의 삶에, 더 나아가 미래를 위해 살아나갈 무기를 만들어 나간다. 나에게 가치 있는 것은 무엇인지, 앞으로 어떤 마음으로 살아가면 좋을지, 어떤 사람들과 어울려 현재 하는 일에 도움을 줄 수 있을지 독서를 통해 배운다. 무엇에 관심이 있는지 돌아보는 것도 독서는 제공해 준다. 집중한 만큼 돌아온다. 지금 어디에 집중하고 있는지 돌아보면 가치 있는 투자를 하고 있는지 가치 없는 투자를 하고 있는지 알 수 있다. 하루를 어떻게 보내는지 보는 것도 삶에 의미 있는 투자를 하고 있는지 알게 한다. 삶을 의미 있게 만들고 헛되이 보내지 않고자 매일 같은 루틴을 유지한다. 책을 읽다가 적용할 행동이나 사업 아이디어가 있으면 책을 덮고 바로 적용한다. 책을 읽어서 적용하면 금전적인 걸 떠나 생활 습관을 바꾸게 해준다. 독서는 나의 생활에 도움을 주는 고마운 도구이다. 물론 '독서를 한다고 뭐가 달라지겠어.' 하는 마음을 가질 수 있다. 하지만 책에서 발견한 내용을 실천해 귀한 걸 얻게 된다면 독서는 평생 해야 할 일 아니겠는가. 어렸을 때, 아버지가 사다 주신 책도 읽었지만, 중학교 입학 후에는 교과서에만 의존했다. 자연스레 다른 일반 서적과는 멀어졌다. 책 읽는다고 뭐가 변하겠냐 하며 책을 멀리했었다. 그러다가 주위에 독서를 통해 변화된 사람들의 유튜브 영상이나 강의를 듣고 과연 그런지 시험 삼아 읽게 된 것을 계기로 독서를 본격적으로 시작하게 되었다.

새벽 4시 30분에 하루가 시작된다. 할 일에 집중하며 보낸다. 쉬면서 잠깐 여유를 가지는 투자도 한다. 쉬는 것도 투자다. 쉬면서 앞날을 위해 무얼 할지 생각한다. 현재 하는 일이 잘되고 있는지 쉬면서 돌아본다. 잘못되어 가고 있다면 어떻게 바꾸면 좋을지 생각해 보는 시간을 쉬면서 가진다. 쉼은 삶을 투자하는 방법을 제공한다. 미국의 기업인이자 소프트웨어 개발자, 프로그래머, 자선가, 유튜버인 빌 게이츠도 1년에 두 번, 아무도 모르는 곳으로 홀로 떠난다. 여행을 가는 게 아니라 사색하기 위해 혼자 떠나는 것이다. 빌 게이츠는 쉬면서 앞으로 회사를 어떻게 운영할지 생각한다. 아마 자신의 발전에 대해서도 생각할 것이다. 쉼에는 육체적인 쉼도 있지만, 생각하는 쉼도 있다. 빌 게이츠는 쉼을 통해 회사의 앞날과 자신에게 투자한다. 사색을 겸한 쉼을 통해 성공을 넘어 성정으로 나아갈 수 있다.

첫 책 『마음 장애인은 아닙니다』를 쓸 때, 출간된 이후를 상상하며 썼다. 책을 쓰고 있다고 주위 분들에게 말했을 때 '과연 쓸 수 있을까?' 하는 표정을 지어 보였다. 평소에 책 한번 써 보라고 말한 어머니도 책을 쓰고 있다고 말하니 기대하는 마음도 내비쳤지만, 과연 가능할까 하는 표정을 보이셨다. 하지만 책이 출간된 후, 주위 분들과 어머니 반응은 180도 바뀌었다. 결국에는 '해내었구나! 장하다!'는 말을 해 주었다. 첫 책 초고는 딱 40일 만에 썼다. 사실 글을 쓰다가 많이 막혔다. 그럴 때마다 '책 출간

이후를 위해 투자하는 거야.'라고 생각하고 써 내려갔다. 이 책의 원고를 쓰면서 중간에 수없이 막혔다. 멈추었다가 다시 쓰기를 반복했다. 그때마다 글쓰기는 더 나은 나를 위한 투자라 생각하고 계속 써 내려갔다. 글쓰기도 배우고 쓰기를 반복한다. 매일 쓰는 투자를 해야 좋은 글이 나온다. 못 쓰는 글도 자주 써 봐야 한다. 쓰면 쓸수록 나아진다. 네이버 블로그에 포스팅한 글 마지막에 '저는 지금 글쓰기 연습 중입니다.'라는 말을 덧붙인다. 이렇게 하면 글을 함부로 평가할 수 없다.

발음 연습, 글쓰기, 독서, 운동. 매일 투자하고 있는 것들이다. 거창하게 투자하지 않는다. 소소하게, 매일 할 만큼만, 나를 위해서 한다. 어릴 적 했던 걷기 연습도 살아나가기 위한 투자였다. 투자해 돌아오는 건 성장이다. 이런 행동들을 매일 해서 조금씩 성장한다면 장애인으로 사는 나에게 더 값진 선물이 없으리라. 내가 살아나갈 이유는 매일 도전하며 투자해 값진 진주를 얻기 위해서다. 힘들다고, 하기 싫다고 포기해 버리면 투자 대비 가치는 떨어진다. 매일 하는 행동 하나하나가 삶의 가치를 만든다. 부자가 되기 위한 투자도 필요하다. 건강하지 않으면 부자가 되어도 아무 소용이 없다. 그래서 운동을 쉬지 않는다. 건강해야 부자가 될 수 있다. 내면 투자가 먼저이다. 내적인 걸 탄탄히 만들어 놓으면 외적인 것들이 자연스레 찾아올 거라 믿는다. 내적인 것들, 즉 독서를 통해 참된 나를 만들고, 매일 운동을 멈추지 않아서 건강한 몸을 가진다면 외적인 것, 돈이나 다른 필요한 것은 채워질 것이다.

매일 투자하는 것들로 삶에 생기를 불어넣고 있다.

삶에 투자하는 행동을 하는 시간에는 걱정, 불안한 마음은 들어올 틈이 없다. 발음 연습과 운동을 하고, 글 쓰고, 책을 읽는 시간은 그 누구도 방해할 수 없다. 나에게 몰입할 수 있는 최적의 투자 시간이다. 오롯이 나에게 집중하는 그 시간이 좋다. 글쓰기에 투자하니 작가가 되었다. 운동에 힘쓰니 몸이 건강해진다. 발음 연습을 매일 하니 다른 이와 소통을 하는 데 어려움이 사라진다. 책을 읽으니 지식이 쌓인다. 그렇다. 투자한 만큼 돌아온다는 말! 실감하며 살아가고 있다.

가지고 있는 것에 만족하며 산다

"진행이는 항상 밝게 웃는 게 너무 좋아!"

"진행 형제는 다른 사람들을 편하게 만들어서 다가가기 좋아요!"

아침에 일어나면 세면 후, 거울을 보고 '하하하하하' 하며 크게 웃는다. 이런 행동은 저절로 만들어지지 않았다. 10년 되었다. 10년 동안 매일 아침 거울 보고 웃는 연습을 했다. 웃는 것도 연습이 필요하다. 다른 사람들을 만나거나 모임 때 시무룩한 표정을 짓지 않는다. 바보 같다고 할 정도로 해맑게 웃는 표정으로 다가간다. 웃음은 나를 긍정적인 사람으로 변화시켜 주었다. 어릴 적 내 걸음걸이를 따라 하는 친구들이나 동네 아이들로 인해 짜증이 났었다. 내 걸음걸이를 따라 하든, 말투를 따라 하든 상관하지 않기로 하니 짜증은 사라지고 편안함이 들어왔다. 그 편안함이 나를 웃게 해 주었다. 중고등부 교사를 하면서도 아이들에게 웃으며 다정하게 다가간다. 이제까지 나와 함께한 아이들은 내 웃음을 '백만 불짜리 웃음'이라 말해 주었다. 그 말은 백만 불보다도 더 값지다는 뜻일 거다. 교회에서 중고등부 수련회 가서 아이들과 함께 찍은 사진에는 항상 웃고 있는 모습이다. 현재 다니고 있는 교회에서 고1 남학생 두 명과 매주 함께하고 있다. 올해 처음으로 아이들과 함께 공과를 진행한 날이 기억난다. 아이들은 알아들을 수 없는 말로 공과를 진행하는 나를 물끄러미 바라보았다. 고개를 끄덕끄덕한 걸로 보아 반은 알아들었을 거라 믿는다. 아이들과 소통하기 위해 얼마나 발음 연습을 하며 예행연습을 했는데, 설마 알아듣지 못했으랴. 알아듣고 못 하고를 떠나 아이들에게 다가가려고 웃음을 머금고 공과를 진행하였다. 어눌한 말일지라도 밝은 표정의 얼굴로 다가갔다. 그랬더니 아이들은 어눌한 말투지만 선생님의 웃는 표정이 좋았던지 점점 내 말을 알아들으려고 하는 게 느껴졌다. 그렇다. 밝은 표정으로 웃는 것은 사람들을 다가오게 한다.

할 수 있다는 자신감과 도전 정신으로 매일 살아간다.

무엇을 하든지 끝을 보자는 마음으로 살아간다. 흐지부지 대충 하지 않는다. 캘리그래피를 처음 배울 때, 과연 할 수 있을까, 불편한 몸으로 붓을 잡고 글을 쓸 수 있을까 생각했다. 하지만 나만의 생각이었다. 하고 싶었지만, 할 수 없을 거란 마음이 조금 있었다. 김정기 캘리그래피 작가님을 만난 자리에서 배울 수 있을지 물어보니 당연히 가능하다고 말해 주어 용기 내 도전을 했다. 처음부터 잘하는 사람은 없다. 첫날, 해 보니, 해서는 안 될 걱정을 했다. 도전도 해 보지 않고 겁부터 먹었다. 그리고 캘리그래피 작가에게 가능할지도 물어보지 말았어야 했다. 가능성을 믿고 일단 시작했어야 했다. 다음부터는 무슨 일을 시작하기 전에 겁부터 먹지 않았다. 그냥 시작했다. 어릴 적 걷기 연습이나 강원도 동강 래프팅에 비하면 캘리그래피 도전은 아무것도 아니었다. 도전하되 될 때까지 연습 또 연습하면 되는 것이다. 요즘도 가끔 연습한다.

영화 제작을 하고 싶은 생각, 전혀 없었다. 매년 속초국제장애인영화제 자원봉사를 가다가 영화제 관계자가 영화 제작 한번 해 보면 어떨지 넌지시 물었다. '내가 영화제작을?'이라고 생각을 했다. 하지만 해 보겠다고 하고 첫 영화를 제작하려고 더운 날에 촬영했지만, 마감 전에 제출하지 못했다. 영화제 주최 측에서 기회를 주고자 영화 제작 지원금 100만 원을 주었다. 그 돈으로 영화를 만들려고 여러 생각을 하였지만 역시 마감 일주일 전까지 아무런 성과물이 나오지 않았다. 마감 일주일을 남겨 두고 지인들을 모아 즉석에서 시나리오를 작성해 찍었다. 제날짜에 제출할 수 있었다. 하지만 떨어졌다. 그런데 며칠 후 영화제 주최 측에서 내 영화를 본선에 추가하기로 했다는 연락을 받았다. 그렇게 얼렁뚱땅 만든 영화가 속초 메가박스에서 28분 동안 상영되었다. 무모하게 도전해서 영화관에서 상영되는 영광을 누렸다. 도전 정신이 아니었다면 불가능했다. 한번 해 보자는 정신이 빛을 발했다.

내가 소유한 무기가 꼭 돈일 필요 없다. 돈을 많이 가지고 있으면 좋을지 몰라도 나누는 삶이 동반돼야 소유하는 가치가 있다. 돈을 많이 벌고 싶다. 많이 벌되, 나누는 삶을 살려고 한다. 지금도 비록 금전적인 방법은 아니지만, 나누는 삶을 실천하고 있다. 내가 가진 재능이나 생필품을 나누며 실천하고 있다. 돈이 없으면 불안하지만, 없는 것에 매이지 말고 현재 가진 것에 만족하는 것으로 충분하다. 웃는 얼굴로 주변 사람들에게 활력소를 주고 있다. 매일 도전하는 삶은 할 수 있다는 자신감을 준다. 도전하고자 하는 용기, 어떤 상황에도 굴하지 않는 마음, 그리고 모든 일에 감사하며 사는 것이야말로 내가 가진 최고의 무기이다.

많은 것을 바라지 말고 있는 것에 자족하는 삶! 하루하루 살아갈 수 있는 지금에 만족하는 삶! 매일 소소하게 살아가면서 작은 행복을 느끼는, 그런 자유로운 삶을 만들며 살고 있다. 숨 쉴 수 있는 공기와 걸을 수 있는 다리, 만질 수 있는 손, 볼 수 있는 눈, 들을 수 있는 귀, 냄새를 맡을 수 있는 코가 있다는 것에 감사하며 사는 하루하루가 귀하고 새롭다. 지금 나에게 있는 것에 만족하며 욕심부리지 않고 사는 삶이면 충분하다.

감사 기도

도전하는 인생 속에서 나를 알게 해
자유와 **행복**을 누리게 해 주어 감사합니다

1. 도전을 즐기는 인생을 살아가게 해 주어 감사합니다.

2. 긍정의 마음과 자세로 살아가게 함으로써 삶이 긍정적으로 바뀌게 해 주어 감사합니다.

3. 느리더라도 꾸준히 나아가게 해 주어 감사합니다.

4. 내가 하고 싶은 글을 쓰며 사는 요즘 진정한 행복을 누리며 살게 해 주어 감사합니다.

5. 남의 시선에 신경 쓰지 않고 내려놓는 삶을 통해 진정한 나를 만나게 해 주어 감사합니다.

제5장

나를 더
사랑해 주세요

1

존재만으로 감사합니다

"당신은 사랑받기 위해 태어난 사람

당신의 삶 속에서 그 사랑 받고 있지요."

〈당신은 사랑받기 위해 태어난 사람〉은 대중적으로 사랑받고 있는 찬양이다. 사랑받을 만하고, 존재 하나만으로 귀하다는 가사다. 이 노래를 부르거나, 다른 사람이 들려 주면 장애인으로 태어난 나의 존재가 얼마나 귀중한지 깨닫는다. 아버지와 함께해 걷게 되었고, 매일 나의 성장을 위해 발음 연습, 운동, 독서, 글쓰기를 하고 있다. '나는 쓸모없는 사람이야. 뭘 해도 안 돼.'라는 마음이 조금이라도 있었다면 내 존재를 책망하며 하루하루를 보냈을 거다. 지금까지 힘든 일도 있었고, 장애인으로 산다는 게 버겁다는 생각도 들었다. 초등학교 시절, 친구들의 놀림이 나를 짓

눌렀다. 저항할 수 없었다. 휠체어에 앉아 있는데 무슨 힘으로 친구들과 맞설 수 있었겠는가? 늘 나를 책망했다. 부모님은 나를 보며 커서 무얼 할 수 있을지 고민했다. 자신들이 이 세상을 등지고 나면 이 아이는 어떻게 살아나갈지 앞날을 걱정하며 보냈을 것이다. 아마도 아버지는 혼자 살아갈 아들을 위해 걷기 연습부터 하게 하지 않았을까. 비 오는 하굣길에 아들의 옷이 젖을까 봐, 자신은 흠뻑 맞으면서도 '너만 젖지 않으면 돼.'라고 말했던 어머니! 그 말에는 '너는 지금 그대로도 귀한 존재야!'라는 의미가 담긴 듯 들렸다. 그리 생각하니 눈물이 흐른다. 아버지, 어머니의 사랑과 관심 속에서 자란 나, 항상 감사하는 마음으로 살아가고 있다.

내가 자주 하는 감사는 '지금까지 살아 있음에 감사'이다.

지금까지 살아 있다는 것, 다른 말로 잘 살아왔고, 견뎌 왔다는 의미다. 수많은 어려움 속에서도 도전과 감사로 살아왔다. 평소에 SBS에서 방영되는 〈순간포착 세상에 이런 일이〉를 종종 본다. 그 프로그램은 기상천외한 사람 이야기, 재주가 많은 이들의 이야기 등 우리 주변에서 일어나는 신기하고 놀랍고 재미있고 감동적인 이야기를 전한다. 물론 나처럼 불편한 장애를 가졌지만, 장애를 친구 삼아 살아가는 이들의 이야기도 방송되었다. 장애인인 나도 부끄럽게 만드는 이야기도 나온다. 시청한 내용 중 한 아버지가 뇌 병변 장애인 아들을 데리고 매일 등산을 하는 이야기가 있었다. 매일 아들을 등에 업고 가파른 언덕이 즐비한 산을 등산한다. 아버지 등에서 천진하게 웃고 있는 아들의 표정이 눈에 들어왔다. 뭐가 그리 좋을까? 아버지 나이도 만만치 않아 보였다. 60세 중반으로 보이는 아버지 등에 업혀 웃고 있는 아들 표정은 아버지의 마음을 알까 하는 생각이 들었다. 하지만 나를 더 놀라게 한 것은 아버지와 나눈 인터뷰 내용이었다. 매일 아들 업고 산에 오르면서 힘들지 않느냐는 PD의 질문에 대한 답변은 눈물이 흐르게 하였다.

"물론 힘들죠. 그래도 좋아하는 아들의 표정을 보고 있으면 힘들다는 말을 못 하겠어요. 웃고 있는 표정을 보는 것만으로도 감사해요."

그 프로를 어머니와 함께 보았다. 어머니 눈가에서도 눈물이 고였다. 내 얼굴을 보면 서로 더 눈물이 흐를까 봐 어머니 얼굴을 쳐다볼 수 없었다. 평소에 어머니 마음을 아프게 하기도 한다. 그러고 나면 내 마음도 아프다. 나에게 어떤 어머니인데, 잘해 드리지 못할지언정 속 썩이지 말아야겠다고 다짐한다. 하지만 그 마음은 며칠 지나고 나면 원 상태로 돌아간다. 〈순간포착 세상에 이런 일이〉에 나온 아버지와 아들 이야기는 어머니에게 잘해 드려야겠다는 다짐을 하게 해 주었다.

어렸을 적 걷기 연습을 도와준 아버지도 비록 아들이 장애를 가졌지만 남 부끄럽지 않게 잘 키워 보자는 마음으로 함께해 주었다. 무뚝뚝해서서 말은 하지 않았어도 존재만으로도 고맙다는 마음을 가지셨을 거다.

9가지 희귀병을 가지고 태어날 당시 병원에서 오래 살지 못할 거라 말했어도, 올해 20살이 되어 어엿한 청년이 된 은총이. 정기 검사가 있는 날이면 서울에 와서 검사를 받고 간다. 은총이 아빠는 검사받는 아들을 보면서 왜 자기에게 이런 일이 일어났는지 하는 생각을 한다. 하지만 건강하게 자라서 잘 걸어 다니는 아들을 보면서 이만한 것도 감사하다고, 곁에 함께 있는 것만으로도 고맙다고 고백한다.

장애 아들을 걷게 하려고 해 주었던 아버지!
아버지는 장애를 가졌지만 살아 있다는 것, 그것만으로도 감사하다는 마음으로 아들을 걷기 연습을 하도록 했을 것이다. 아버지는 걷기 연습을 함께하면서 걷게 된 것만으로도 기쁘다는 표정을 지었다. 어제보다 조금 한 발짝 더 걸어 나간 날은 나를 안고 공터를 돌았다. 아버지는 '진행아! 너의 존재만으로 아빠는 감사하단다.'라는 말을 그렇게 표현했다. 충분히 사랑받을 만하고 앞으로 귀하게 자라길 바라는 마음 가득했을 것이다. 그렇다. 장애를 가지고 태어났어도 그 자체만으로 감사하며 나를 존재하게 해 준 아버지, 어머니, 그리고 나를 이 세상에 태어나게 해 훌륭한 부모님께 선물해 준 하나님께도 감사하다. 살아 있음에, 아직도 존재하고 있음에 감사하는 건 평생 이어나갈 것이다.

2

앞으로 나아갈 수 없으면 옆으로

"저, 일자리 좀 알아봐 주세요! 일하고 싶은데 서류 면접에서 떨어져요."

일하고 싶었다. 이력서를 보내지만, 면접 보러 오라는 문자는 없었다. 메일도 오지 않았다. '불합격' 통보뿐이었다. 장애인 취업 사이트에서 일자리를 알아보며, 지인들에게 일자리를 부탁했다. 한 직장을 퇴직하면 다른 일자리가 구해질 때까지 1년 아니면 그 이상도 걸렸다. 실업급여를 받으며 직장을 구하지만, 실업급여는 5개월에서 6개월 정도 수령이 가능했다. 실업급여마저 받지 않았더라면 하루하루 버텨 내기가 힘들었을 거다. 부모님에게 용돈도 드리지 못하는 날이 이어졌다. 부모님 얼굴을 볼 수가 없었다. 비록 장애인이지만, 부모님에게 손을 벌릴 수 없었다. 밤낮 고생하며 집안 살림에 보태려 돈을 버시는데 손을 벌린다는 건 말이 되지 않았다. 간혹 동생들이 쓰라고 약간의 도움을 주려 했다. 몇 번은 염치없이 받았지만, 그것도 한두 번이지 도저히 받을 수 없었다. 동생들에게 형이 알아서 해 볼 테니 지켜봐 달라고 말했다. 그 후로도 동생들은 몇 번 도움을 주고 멈추었다. 이런 동생들에게 해 줄 건 기도뿐이다.

2015년 2월에 둘째 동생이 결혼했다. 몇 달 뒤, 조카가 태어났다. 동생이 회사에서 신임을 받으며 일을 잘한다. 하지만 코로나19가 발발한 후, 동생에게 개인적인 일이 터졌다. 기독교 방송국에서 재택근무를 하고 있었지만, 동생을 도울 여력이 없었다. 월급이 많고 적음의 문제가 아니었다. 나도 매달 나가야 할 재정이 있어서 도움을 주고 싶어도 줄 수가 없었다. 자주는 아니어도 조카를 데리고 집에 온다. 많은 돈은 아니어도 조카에게 용돈을 준다. 동생에게 도움을 못 주지만, 조카에게라도 용돈을 주고 싶었다. 맛있는 거 사 먹으라고 가끔 준다. 조카는 어느새 초등학교 2학년이 되어 학교에 잘 다니고 있다. 무럭무럭 자라는 조카를 보면 활력소가 넘쳐난다. 동생이 아닌 조카에게라도 용돈을 줄 수 있으니 기분은 나름 좋다.

취업이 되지 않아서 나름대로 이것저것 시도를 했다. '감사마스터'라는 개인 브랜드로 활동하던 중, 곽동근 소장이 아이디어를 주었다. 지인들 대상으로 감사 인터뷰를 해 보라고 했다. 좋은 아이디어라고 생각되면 무작정 시작해 보는 것이 나의 장점이다. 다음 날 평소 친하게 지내는 개그맨이자 소통테이너로 활동하시는 오종철 형님을 만나서 인터뷰를 시작했다.

인터뷰를 한 명 한 명 해 나가다 회사에 다니시면서 사진작가로 활동을 하시는 강희갑 사진작가님을 인터뷰했다. 작가님과의 만남 이후 함께 하는 일이 많아졌다. 인터뷰한 날, 작가님과 나는 형과 동생 사이가 되었다.

강희갑 형님과의 인연은 그 후로도 계속 이어졌다. 사회적 기업을 만들어 '차장' 직함으로 일을 하게 해 주었다. 희갑 형님이 산행하면서 찍은 사진으로 핸드폰 케이스, 노트북 가방, 다이어리 등등 여러 제품을 만들어 판매하는 회사였다. 희망 아트는 희망 일출 산행으로부터 시작되었다. 루게릭 요양병원 건립을 위해 8개월간 매주 새벽 등산팀을 이끈 사인방인 강희갑 사진작가, 가수 김학민, 서우성 대표, 이돈하 대표가 주축이 되어 여러 선한 일을 해 왔다. 그러던 중 사회적 기업을 만들어 선한 영향력을 발휘해 보자는 취지로 시작한 것이 '희망 아트'다. 먼저 '희망 아트'를 알리기 위해, 핸드폰 케이스를 내건 펀딩을 시도했다. 펀딩이 마무리된 후, 정리하는 과정에서 나의 조그만 실수로 갈등이 생겼다. 나 때문에 친하게 지냈던 네 분의 형님 사이가 멀어진 것이다. 하지만 오해를 풀고 앞으로 다시 친하게 지내게 될 날을 기대한다. 여기서 자세한 내용을 열거하는 것은 아닌 듯하다. 희망 아트는 이렇게 해산되었다. 그래도 희갑 형님은 다른 방식으로 길을 찾았다.

자신의 사진을 이용한 사업!

바로 사진 액자 화환이다. 당시 나는 꽃 판매 사업을 하고 있었다. 내가 하는 사업을 보고 사진 액자 화환을 생각해 낸 건 아니었다. 형님은 전부터 생각하고 있었다. 나에게 사진 액자 화환 사업 해 보지 않겠냐고 해서 고민도 하지 않고 하겠다고 했다. SNS에 본격적으로 홍보했다. 하지만 역부족이었다. 꽃 판매 사업을 그만두고 액자 화환 사업에 뛰어들지 않았다. 꽃 판매도 하면서 액자 화환 사업을 진행했다. 그래도 되지 않았다. 그러다가 꽃 판매를 그만두고 사진 액자 화환에 올인하기로 했다. 여전히 판매는 되지 않았다. 나와 가까이 지내는 사람들은 사업 아이디어 좋다는 말만 했다. 희갑 형님을 자주 만나 조언을 구했다. 형님이 알려 주신 방법대로 되든, 안 되든 해 보고 있다. 사진 액자 화환 사업을 하다가 이러면 경제적으로 힘들겠다 싶어 일자리를 알아봐서 취업한 곳이 기독교방송이다. 재택근무를 하면서 사업 홍보를 하고 있다. 형님은 희망 아트에서 있었던 실수에 대해 아무 말씀도 하지 않고 있는 그대로 봐 주신다. 그러면서 어떻게 해서든 잘되도록 도움을 주고 있다. 아무 말도 하지 않으시는 형님에게 미안한 마음 가득하다.

일하고 싶었다.

이력서를 보내면 면접 보러 오라는 회사는 없었다. 중증 장애인은 뽑지 않는 상황이 서글펐다. 장애가 심하다고 뽑지 않으면 장애인은 어떻게 하란 말인가. 지인들에게 일자리를 부탁했다. 부모님 얼굴을 볼 수 없어 밖으로만 나돌았다. 동생들 도움을 받는 것도 한두 번이지 염치가 없어 알아서 하겠다 했다. 나름대로 개인 브랜드를 만들어 인터뷰해 책도 출간했다. SNS에서 알게 된 이들과 사업도 함께했다. 하지만 오래가지 못했다. 하는 일마다 안 되었지만, 주위 사람들이 함께해 주었다. 앞으로 도저히 갈 수 없는 상황이 이어졌다. 하지만 많은 분이 도와주어 지금까지 왔다. 앞으로 갈 수 없다고 절망만 하고 있을 수 없었다. 옆을 바라보았다. 그랬더니 함께해 주는 사람들이 많았다. "진행아! 취업 안 된다고 절망하지 마! 언젠가는 너의 진가를 알아봐 주는 회사가 나타날 거야!"라고 말해 주는 고마운 이들이 바로 옆에 있다. 동료일 수도 있고, 가족일 수도 있다. 앞으로 나아갈 수 없을 때는 옆을 바라본다. 옆에 있는 이들이 평생 가야 할 사람이지 않을까. 한양대 유영만 교수의 저서 『용기』에 이런 말이 있다.

"진퇴양난의 위기를 탈출하는
유일한 방법은 옆으로 돌아가는 것이네."

진퇴양난의 길에서 망설이지 않는다. 제3의 길, 옆길이 있다. 옆길도 막히면 기다리면 된다. 그래도 갈 수 없다면 함께해 주는 사람들을 바라보면 된다. 기회는 앞이 아닌 옆에 있을 수 있다. 돌아서지 않으면 된다. 취업이 안 되고 사업이 되지 않을 때 바로 옆에서 같이해 준 가족, 동료 덕분에 지금의 내가 있다고 생각한다.

3

내 인생은 스스로 만든다

장애인으로 태어난 인생!

주위의 시선이 나를 두렵게 했다. 장애인을 바라보는 시선이 장애를 만든다는 것을 비장애인은 미처 모르는가. 불편한 몸만 탓하며 살아왔다. 앞으로 잘 살아나갈 수 있을까? 밥벌이는 할 수 있을까? 늘 부모님은 걱정하는 눈길로 바라보았다. 한편으로 건강하게 자라 직장도 다니고 여러 가지 일을 찾아 나가고 있는 아들을 보면 혼자서도 살 수 있다고 생각하셨다. 어머님은 간혹 얘기하신다.

"네 인생 엄마 거 아니니 네가 알아서 잘 꾸려 나가거라!"

정작 어머니는 이렇게 말하지만, 항상 아들 걱정이다. 학교에서 친구들로부터 따돌림을 받는 아들을 걷도록 애를 쓴 아버지도 이 아들이 혼자서도 잘살기를 바라는 마음이셨다. 먼저 가실 걸 알기에 걷게 해야 한다는 생각이 강하지 않았을까. 언제까지 부모님이 나와 함께 살 수는 없다. 두 분 다 오래 사시면 얼마나 좋겠는가. 대학교 졸업 전까지는 부모님에게 용돈을 받으면서 다녔다. 대학 재학 중 다녔던 장애인 관련 회사에서 받은 월급은 적었다. 용돈을 받으면서도 때로는 적은 월급을 받아서 용돈을 드리거나 조그만 선물을 사 드렸다. 적은 월급이었지만, 아버지 어머니에게 가끔 선물을 드릴 수 있어 행복했다.

작년에 어머니가 다리 수술을 하셨다. 퇴원하시고 나서부터 아플 때를 대비해 돈을 차곡차곡 모아 놓아야 한다는 말을 자주 하셨다. 하루에도 수도 없이. 앞날을 위해 철저히 준비해 놓으라는 말씀, 귀담아들어 돈 없어 아픈 몸 치료하지 못하는 일이 생기지 않게 대비해야겠다. 물론 돈보다 중요한 건 건강임을 알기에 매일 운동도 꾸준히 하고 있다. 허비하지 않는 인생을 위해 매일 해야 할 일 하고 하루를 마친다면 나다운 인생을 만들 수 있지 않을까.

2016년 마포장애인자립생활센터에서 일했다. 장애인 자립을 위해 여러 가지 활동을 한다. 권익 옹호, 자립 생활 기술 훈련, 정보 제공과 의뢰 등 장애인들에게 자립하도록 도움을 주는 단체이다. '장애인 당사자주의'

에 따라 장애인 사정은 장애인 당사자가 잘 알고 있다. 그러므로 삶을 영위하는 데 스스로 결정할 권한이 있다. 장애인 인생도 장애인 당사자 인생이다. 장애인 스스로 결정하고 선택해야 한다. 장애인 인생은 장애인 당사자의 것이기에 혼자 살아나가기 위한 돈 관리 방법을 알려 주는 교실을 열기도 한다. 자립홈을 결성해 장애인끼리 장을 봐서 요리해 먹기도 하면서 혼자 살아가기 위한 기술을 배워 나가는 곳이 자립생활센터. 장애인 사정은 비장애인이 상담해 줄 수가 없다. 물론 해 줄 수는 있겠지만, 겪어 보지 않은 이상 어렵다. 해 줄 수 있는 건 힘과 용기를 주면서 함께 해 주는 정도이지 않을까. 자립생활센터에서 일하면서 직원 간 갈등도 많았다. 센터에는 비장애인들도 함께 근무했다. 일하다 보면 아무것도 아닌 걸로 언쟁이 일어날 때가 있었다. 장애인과 갈등이 생기기도 했지만, 장애인과 비장애인 사이의 갈등도 간혹 생겼다. 서로 이해 못 해 일어난 갈등이 다반사였다. 거의 업무적인 갈등이었다. 센터에서 일할 때, 보고서를 잘못 작성해 늦은 밤까지 다시 작성해 제출하고 퇴근했던 날이 한두 번이 아니다. 상사들은 마지막까지 해내는 나의 끈기를 보고 칭찬을 해주었다. 이렇게 한 건 나를 위해서였다. 어떻게든 살아남아야 하니까. 센터는 건강이 안 좋아지는 바람에 퇴직을 선택해야 했다. 그럴지라도 마무리할 일은 마무리해 놓고 회사를 나왔다. 내가 맡은 업무도 내 것이라는 생각이 있었다. 무엇을 하든지 내가 할 일이라고 여겼다. 이런 생각은 내 인생은 내 것이기에 스스로 알아서 해야 한다는 생각에서 나온 것이었다.

지금 곁에 계시는 어머니도 언젠가는 하늘나라로 가실 거다. 나 스스로 살아나가야 할 걸 알기에 조금씩 준비해 나가고 있다.

내 인생 내 것이다. 살기 위해 장애인들은 자기들의 권리를 찾기 위해 고군분투하고 있다. 자신의 권리를 찾아야 한다. 집 안에만 있으면서 알아서 해 주겠지 하는 마음은 버려야 한다. 스스로 찾아야 한다. 내가 국가에서 받을 수 있는 혜택이 무엇인지 알아봐야지 그냥 가만히 있으면 못 찾는다. 장애인들에게 장애인연금이 나온다. 1급에서 3급 중증 장애인들에게 지급되는 연금이다. 2급이기에 신청하려고 동주민센터를 방문했다. 하지만 주민센터는 안 된다는 말뿐이었다. 왜 안 되는지 대해서는 말은 하지 않고 무조건 안 된다고만 한다. 그래도 포기하지 않고 종종 가서 방법을 찾아 달라고 했다. 그랬더니 급수를 받은 지 오래되어서 다시 받아오라고 말했다. 주민센터 직원은 좀 알아본 것 같았다. 2021년 봄에 어머니와 함께 고대구로병원에 가서 진단을 다시 받았다. 진단서를 주민센터에 제출했다. 한 달 뒤 결과가 나왔다. 하지 쪽은 통과가 안 되었다. 판정은 국민건강공단에서 하는 거라 상지 쪽을 신청해야 한다. 그런데 내가 신청하지 말라고 해서 신청하지 않았던 거였다. 정작 나는 신청하지 말라는 말을 하지 않았다. 화가 났다. 주민센터 직원에게 화를 냈다. "일을 왜 이렇게 하세요."라고. 죄송하다는 말 한마디도 없었다. 다시 검사받으라는 말만 한다. 비싼 검사비 나갈 생각을 하니, 더 검사받고 싶지 않았다. 그럼에도 가끔 주민센터 가서 다른 방법은 없는지 알아보고 있다. 그렇다. 내 인생이다. 자신이 받을 혜택 정도는 받으면서 살아야 하지 않나?.

몸은 불편하지만, 더 나은 삶을 위해 운동하고 발음 연습하고 책을 읽는다. 내 인생 누구도 책임져 주지 않는다. 다른 사람 눈치 보며 장애인으로 태어난 나를 탓할 시간이 없다. 내 인생 내가 책임지며 살아나가면 된다. 불편하다고 불평불만만 할 수는 없다. 그럴 시간에 나는 앞날을 위해 준비한다. 활기찬 미래를 위해 불편한 몸을 바라보는 게 아닌 맑고 밝은 나의 미래를 생각하며 매일 소소하게 할 일 하며 내 이름대로 진행한다. 아니 이름을 거꾸로 한 '행진'한다. 내 인생은 내 것이니 스스로 길을 만들어 나가련다.

4

나를 있는 그대로 사랑하고 존중한다

어릴 때 받은 괴롭힘과 상처는 나에 대한 원망으로 돌아왔다. 늘 의기소침해 있었다. 초등학교 1학년 때 휠체어에 탄 채, 교실 문 앞에 우두커니 있었다. 지나가시던 담임 선생님이 "왜 그리 우울하게 하고 있느냐?"고 물으셨다. 사실 그대로 말했다. "친구들 괴롭힘에 견딜 수가 없어요." 라고. 그 말에 선생님이 해 준 말은 힘이 되었다. 하지만, 그때뿐이었다.

"선생님은 진행이 지금 이대로가 귀하고 사랑받을 만한 사람으로 보이는데!"

지금 이대로가 귀하다고? 사랑받을 만한 사람으로 보인다고? 좋은 말인 것처럼 들렸지만, 당시에는 귀에 들어오지 않았다. "선생님, 그런 말이 저에게 전혀 도움이 안 되네요."라고 말하고 싶었다. 차마 말이 나오지 않았다. 그 누구의 말도 장애로 살아가는 나에게 들리지 않았다. 걷기 연습을 할 때, 아버지가 앞에서 "진행아! 조금만 앞으로 한 발 움직여 봐!"라고 말은 하고 있는데 발이 땅에서 떨어지지 않았다. "진행아! 할 수 있어! 자 한 발만 움직여 보는 거야!"라고 말하는데도 들리지 않았다. 하지만 한번 해 보자는 마음이 들게끔 해 준 건, 거듭되는 아버지의 용기를 주는 말이었다. 만약 아버지가 몇 번 하다가 안 되겠다 하면서 접었다면, 걷는 기적은 일어나지 않았을 것이다. 아버지가 이렇게 한 데는 이유가 있다는 걸 뒤늦게 알았다. 아버지는 아무리 어렵고 힘들어도 자신을 이겨 나가면서 사랑하는 법을 알려주려 했다. 자신을 사랑한다는 것! 있는 그대로 사랑하는 것! 말처럼 쉽지 않다. 걷기 연습은 나와의 싸움이었다. 자신과의 싸움에서 이긴 사람은 이전의 나보다 자신을 더 사랑할 수 있는 단계까지 나아갈 수 있다고 생각한다.

고등학교 3학년 때, 대학수학능력시험을 보려고 준비하고 있었다. 대학에 가고 싶었다. 하지만 대학 진학을 원하는 학생은 4명! 학교에서는 당시 대학 진학을 위한 준비가 되어 있지 않았다. 그래서 대학에 가고 싶은 학생은 정규 수업에 들어오지 말고 도서관으로 등교해 거기에서 종일 공부하라는 말만 했다. 보충수업이라도 해 달라고 하지 못했다. 학교 방침대로 도서관에서 4명이 알아서 공부했다. 그런데 아무도 가르쳐 주지 않는데 공부가 제대로 될 리 없었다. 가끔 도서관에 오시는 선생님을 붙잡고 물어보기는 했다. 그런데도 전혀 공부는 되지 않고 수다만 떨다가 기숙사로 가곤 했다. 모의고사는 시중에 나오는 문제집으로 치렀다. 모의고사를 보면 매번 점수가 낮았다. 모의고사를 보면 왜 그리 점수가 나오지 않는지! 답답했다. 나머지 3명은 점수가 잘 나왔다. 답답하면 학교 건물 앞 큰 나무에서 아무것도 하지 않고 앉아 있었다. 지나가시던 담임선생님이 나를 보고 "진행이, 공부 안 하고 여기서 뭐 하니?"라고 물으셨다. "선생님! 왜 저는 모의고사를 보면 매번 점수가 낮게 나올까요? 대학에 가고 싶은데, 갈 수 있을까요?"라고 말했다. 그랬더니 잠깐 기다리라고 하시더니 주차장에 가서 차를 몰고 와서 타라고 하셨다. 나머지 3명은 공부 중이었고, 다른 학생들도 수업 중이었다. 선생님은 나를 가까운 서점으로 데리고 가셨다. "네가 보고 싶은 문제집, 사고 싶은 책 다 골라 봐라. 사 줄 테니!"라고 말씀하셨다. 문제집 세 권만 골랐다. 더 사라는 선생님 말씀에도 괜찮다고 했다. 다시 학교로 오는 길에 선생님은 이런 말을 해 주셨다.

"진행아! 시험 떨어지면 어때? 다시 시작하든지 다른 방법으로 대학 가는 길을 찾아보면 되지. 시험 한 번 떨어졌다고 네 인생 없어지는 것 아니잖아. 무엇보다도 지금 이대로의 진행이 모습을 인정해 주고 더 노력해 나갔으면 해!"

그렇다! 있는 그대로의 나를 사랑하고 존중해야 했다. 시험을 못 본 나를 원망했다. 선생님이 나만 서점에 데리고 나가 책을 사 주고 돌아와서 해 준 말은 당시 내 모습을 돌아보게 했다. 그해 치른 대학수학능력시험에서 불합격했다. 도서관에서 공부한 네 명 중, 한 명만 대구대학교에 합격했다. 그 한 명이 합격한 걸 보고 다음 해부터 후배들에게 보충수업도 해 주는, 대학 입시 체제로 바뀌었다는 소식을 전해 들었다. 그렇지만, 대학에 가고자 하는 마음이 강했던 나에게 담임선생님은 겨울방학 때 집으로 전화를 해 한국방송통신대학교에 지원해 보지 않겠냐는 말을 했다. 고민하지 않았다. 바로 선생님을 만나 지원서를 제출했다. 한국방송통신대학교 법학과에 합격했다. 선생님은 나를 믿고 대학 진학에 도움을 주었다. 선생님이 믿고 지지해 준 건, 나를 사랑하고 가치를 존중하게 만드는 계기가 되었다.

내가 누구인지 아는 게 나를 사랑하고 존중하는 데 도움이 된다.

나를 괴롭히는 친구들로 속상했고, 늘 우울해 있었다. 대학에 가고 싶은데 모의고사 점수가 낮게 나왔다. 당시에는 불편했다. 더 나아지기를 바랐다. 그런데 요즘은 이런 상황이 일어나면 불편함을 느끼는 상황은 무엇인지, 그 상황을 어떻게 생각하고 있는지, 어떤 감정을 얼마만큼 느끼고 있는지 돌아본다. 그러면 내가 흥분한 상태이거나 분노를 느끼는 상황이라는 걸 알아챈다. 다음에 같은 상황을 만나게 된다면 어떻게 대처해야 하는지 생각할 수 있는 여유도 생겼다. 이런 성찰을 해 봄으로써 불편함을 느끼고 있는 자신을 바라보고 사랑해 주고 존중해야 할 대상은 정작 나라는 걸 알게 되었다.

자기를 책망하지 않고 사랑하는 방법!

나를 더 사랑하고 존중하여 자존감을 높이면 된다. 타인의 시선에 동요하지 말고 하루하루 자기에게 맞추어 나가는 게 중요하다. 그 누구의 삶도 아닌 나의 삶이다. 오늘도 지금 그대로, 있는 그대로의 나를 사랑하며 살아가고 있다.

한계가 있어도 뚜벅뚜벅 걸어간다

사회복지법인 해든에서 일할 때다. 항상 마감 시간을 지키지 못했다. 서울시에서 보조받아서 하는 사업을 주로 했다. 휠체어 장애인들이 자유로이 출입할 수 있도록 금천구와 구로구에 소재한 음식점이나 미용실, 그리고 장애인이 갈 만한 장소 입구에 경사로를 설치하는 사업을 진행했다. 먼저 사전 조사 작업을 했다. 낮에 금천구와 구로구를 돌아다니며 경사로 설치를 위한 동의를 받았다. 더운 여름날에도 땀을 뻘뻘 흘리며 돌아다녔다. 때로는 잡상인 취급을 받으며 쫓겨나기도 했다. 불편한 몸을 가지고 들어와 뭐라고 하는지 말을 들으려고 하지도 않고 문전박대를 했다. 식당에 들어가서 얘기하면 "식사할 거 아니면 나가!"라며 반말로 이야기하기도 했다. 반면에 물 한 잔 주며 의자에 앉으라 하고 자세하게 듣는 고마운 분들도 있었다. 아무리 문 앞에서 거부를 당해도, 하는 데까지

해 보고 싶었다. 조사 업무를 같이했던 여직원은 숨을 헐떡거리며 이렇게 말했다.

"진행 씨! 그냥 농땡이 치다가 회사에 들어갑시다!"

황당했다! 힘든 것은 알지만, 할 수 있는 한, 힘껏 해 보고 들어가자고 말했다. 여직원 얼굴이 빨개졌다. 마트에 들러 음료수를 사 주며 잠깐 쉬었다가 움직이자고 했다. 내 의지를 꺾을 수 없다는 걸 알고 여직원은 잠잠히 음료수만 마셨다. 당시 그렇게 한 데는 이유가 있었다. 어릴 적 땀을 뻘뻘 흘리면서 피나는 걷기 연습했던 기억이 났기 때문이다. 있는 힘껏, 할 수 있는 만큼 걷고 돌아간 기억이 나서 한두 군데 정도는 하고 회사에 복귀하고 싶었다. 그날 목표치였던 네 군데만큼은 아니더라도 근사치라도 조사를 하고 회사에 들어가고 싶었다. 나의 한계가 어디까지인지 알고 싶었다. 거절을 당해도 목표량은 채우려고 했다. 한계를 뛰어넘고 싶었다. 매일 나가도 1~2개 영업장만 조사에 응해 주어 늘 미달이었다. 휠체어 장애인에 대한 사회적 편견을 없애기 위해서, 그들이 편하게 출입할 수 있는 가게가 많아지기를 바라는 마음으로 임했다. 하지만 불편한 몸으로 인해 편견에 부딪혔다. 장애로 인한 편견을 견딜 수 없었다. 그래도 할 수 있는 데까지 해 보고 하지 못하는 건 한계를 인정하고 내려놓아야 했다. 조사를 마치고 돌아오면 조사 보고서를 작성해야 했다. 보고서 작성 시간도 오래 주지 않았다. 제시간 내에 하지 않으면 국장이 불렀다. 할 수 있는데 못하는 건, 근무 태만이라고 했다. 잘하고 싶었다. 하지만 늘 제자리만 돌고 있었다. 집에 가서도 회사에서 필요한 업무 스킬을 책이나 동영상을 보며 공부했다. 마감 시간과 완성도 사이에서 끊임없는 고민을 했다. 마감 시간도 지켜야 하지만, 제대로 완성된 보고서를 위해서라면 기다려 주는 여유도 필요하다는 생각이 들었다. 성과를 우선시하는 회사였기에, 마감 시간이 중요했다. 하지만 장애인들이 일하는 회사에서는 장애인이 할 수 있는 데까지 하라고 말하는 게 낫지 않을까. 국장에게 한 소리를 들은 날이면 나보다 나이 어린 팀장은 언제나 내 어깨를 두드리며 위로의 말을 했다.

"진행 씨! 자신의 한계를 알아야 해요. 내가 보기엔 잘하고 있는 것 같은데, 주눅이 든 것 같아요. 당당하게 나가세요. 단, 진행 씨가 할 수 있을 만큼 하겠다고 말씀드리세요!"

국장에게 제가 할 수 있을 만큼 해 보겠다고 했다. 물론 이런 말을 한다는 게 말이 되지 않았다. 회사에서 맡겨 준 일 하나 못하고 할 수 있는 일에 최선을 다하겠다고 하니 국장도 어이가 없었을 거다. 국장은 이렇게 말을 했다.

"그럼 할 수 있는 것만 하고 못할 것 같은 업무는 다른 사람에게 부탁하든지 함께하도록 해요."

국장 말대로 하면서도 나름의 노력을 했다. 그 회사를 그만둘 때, 입사 때보다 월등히는 아니어도 좀 나아졌다.

자신의 한계가 어디까지인지 알아야 한다.

그것도 모르고 많은 업무를 맡게 되면 마음만 힘들어진다. 내가 어느 분야에서 얼마나 일을 할 수 있는지가 자신의 한계가 어디까지인지 아는 방법이다. 당시 맡고 있었던 업무는 수신 문서 관리, 발신 문서 작성 및 관리, 서울시 사업 정도였다. 그중에 서울시 사업 비중이 컸다. 서울시 사업이라 꼼꼼하지 않으면 평가받을 때 발각된다. 철저히 준비해야 한다. 해든에서 일을 할 때도 평가일 전날에는 항상 긴장 상태였다. 완벽하게 준비했는데도, 평가를 받을 때는 무언가 빠진 듯했다. 아무 일 없이 마치면 다행이고, 지적을 받으면 사무실은 한순간 공포 분위기로 바꿨다.

가수 겸 배우 이준호 씨는 2019년 인터뷰에서 "언젠가 한계를 인정하고 나니, 그게 더 이상 한계가 아니라는 느낌이 들기 시작했다."고 말했다. "그래! 이게 문제였지 하면서 다시 부딪쳐 보는 느낌이랄까. 자신을 최대한 객관적으로 보려고 하는 편이다."라는 말도 했다. 회사 업무를 보며 풀리지 않는 일로 어려움을 느꼈다. 회사 내에서도 부딪혔다. 앞으로 나아가는 것 같아도, 늘 제자리걸음이었다. 도저히 벗어날 수 없을 것 같아 포기하고 회사를 그만 나가고 싶었다. 패배자의 감정에 휩싸여 모든 의욕을 상실하기도 했다. 나의 부족함을 다른 데서 찾은 것이다. 다른 핑계를 만들어 도망치고 싶었다. 요즘은 비록 신체적 한계라는 점은 인정하더라도, 얼마든지 발전 가능성이 있다는 걸 알고 한계를 인정하며 하루하루 뚜벅뚜벅 걸어 나간다.

6

욕심부리지 않고 도전하며 나아간다

"비장애인처럼 불편함 없이 살고 싶다."

"장애로 인한 취업의 어려움이 없었으면 얼마나 좋을까?"

비장애인처럼 살아가고 싶었다. 비장애인과 같이 똑바로 걷고, 바라보는 시선에 주눅 들지 않고 당당하게 살아가는 모습을 늘 상상했다. 장애로 인한 불편한 감정이 있었다. 그 감정은 나를 부정적으로 만들었다. '장애 때문에 아무것도 못해', '나를 바라보는 시선이 두려워'라고 부정적인 말투로 살아왔다. 아버지 도움으로 걷게 된 이후, 할 수 있다는 자신감을 가진 건 잠시뿐이었다. 걷게 되고 나서, 친구들의 심한 따돌림으로 의기소침해졌다. 학교에는 아버지가 늘 가까이에 계셨다. 그럴지라도 친구들은 괴롭힘을 멈추지 않았다. 학년이 올라갈수록 나를 바라보는 친구들의 시선이 좀 나아졌지만, 그것도 잠깐이었다. 중학교에 올라가면서 다시 시작된 괴롭힘! 중학교에는 아버지가 계시지 않아서 더 심해졌다. 초등학교 때 친했던 친구들마저도 등을 돌렸다. 불편하지 않은 친구들이 부러웠다. 친하게 지내자고 다가가면 어눌한 말을 따라 하며 더 괴롭혔다. 장애인인식개선교육이 실시되지 않았던 시절이었다. 만약 교육했더라면 친구들 반응이 좀 나아지지 않았을까. 친구들과 친하게 지내고 싶었다.

　비정규직만 해 온 인생이었다.

　일을 그만두고 쉬면 2년 이상 취업이 되지 않았다. 입사 지원서를 내면 면접 보러 오라는 회사가 많지 않았다. 거의 서류 심사에서 탈락했다. 일하고 싶은 의지는 강했지만, 취업의 길은 멀었다. 노후를 튼튼히 하기 위해 일하고 싶었는데, 일자리는 쉽게 구해지지 않았다. 집 근처에 있었던 전기선 조립 회사에 간신히 취업이 된 날! 출근했는데 전기선 조립을 못하는 걸 보고 조용히 옷을 입혀 주며 나가라는 손짓만 하던 사장 생각이 난다. 마음이 무너졌다. 일하러 간다는 생각에 추위도 견디며 갔다. 하지만 집으로 돌아오는 길에 불었던 바람은 칼바람이었다. 일찍 들어오는 아들을 물끄러미 바라보며 "왜 이리 일찍 오냐?"고 묻던 어머니의 눈이 기억난다. 아무 말 없이 방으로 들어갔다. 방으로 들어가는 나를 바라보는 어머니 눈길이 등 뒤로 느껴졌다. 차마 어머니에게 도저히 1분 만에 나오게 됐다고 말을 할 수 없었다. 방에 들어가 소리 없이 흐느꼈다. "왜 저를 이렇게 만들어 세상에 보내셨나요? 건강하게 보내주시지! 왜! 왜!"
하나님을 원망했다. 하나님은 아무 말도 없으셨다. 침묵으로 일관하셨
다. 주일마다 교회 가서 기도하면 한동안 강단의 십자가를 바라보며 신
세 한탄만 했다. 한동안 지속되었다.

'바람처럼, 구름처럼 흐르다 멈추겠지!' 하고 생각했다.

  살다 보면 기쁜 일, 슬픈 일 잠시 스친다. 있는 그대로의 모습으로도
존귀한데 욕심이 과했다. 어릴 적에 장애를 고쳐 보려고 갔던 병원에서
는 고치지 못하고 재활 운동만이 살길이라 했다. 그런데도 좀 더 나아
지지 않는 모습에 화가 났다. 마음만 다치는 꼴이 되어 버렸다. 장애 없
는 상태를 바랐다. 내 마음을 알아주지 않는 친구들로 인해 공허하게 지
냈다. 외톨이처럼 지냈다. 돈에 대한 욕심도, 사랑에 대한 욕심도 내면
에 채워지지 않은 마음으로 생겨나는 것이다. 항상 장애로 인해 겪는 어
려움과 결핍, 분노가 있었다. 그 누구의 말로도 채워지지 않았다. 부정적
인 마음으로 늘 살아왔다. 어느 날, 집에 있다가 책장을 들여다보았다.
닉 부이치치의 『허그』가 눈에 들어왔다. 예전에 사 놓고 읽지 않았다. 책
을 꺼내 보는데, 표지에는 양손이 없고 짧은 발을 가진, 턱수염이 덥수룩
한 남자가 웃음을 머금고 있었다. '이 남자는 사지가 없는데 왜 이리 행복
해 보이는 걸까?' 하는 생각이 들었다. 한 장, 한 장 넘겼다. 읽어 나가다
가 '가지고 있는 것에 감사하면 행복해져요.'라는 문구에 한참 눈길이 머

물렀다. 가지고 있는 것에 감사하다는 건 욕심부리지 않는다는 것이라는 의미로 다가왔다. 그 뒤로 닉 부이치치가 TV에 나오면 유심히 보았다.

몇 년 전, SBS에서 매주 방영된 〈힐링캠프〉에 닉 부이치치가 출연했을 때 감명 깊게 보았다. 그가 했던 말 중 "행복은 밖에서 얻는 게 아니에요"라는 말이 아직도 기억이 난다. 맞는 말이다. 장애로 고통의 삶을 살아왔지만, 그 원인을 타인의 시선과 부정적인 마음으로 돌렸다. 그래서 비장애인과 동등하게 되고 싶다는 욕심을 부린 것 같았다. 장애는 고치지 못하고 재활 운동으로 이겨 나가야 한다는 의사 말을 잊고 살았다. 장애는 이겨 나가는 것이다. 비록 장애로 불편하지만, 어떻게 해서든 이겨 나갈 방법을 찾아 행복을 내 안에서 찾아야 했다. 행복을 찾기 위해 매일 운동, 글쓰기, 발음 연습을 하는 것일지도 모른다.

살아 있는 것 자체가 행복한 것 아닌가.
살아 있음이 감사 제목이다. 비장애인들보다 더 열정적으로 살아가는 것, 그들이 열 번 할 때 그 이상을, 느리더라도 해내는 것이 살아 있다는 증거이다. 몸이 불편하다고 불행한 게 아니다. 세상에는 마음에 상처를 입고 사는 이들이 많다. 없는 걸 바라며 욕심부리지 말고 있는 것에 만족하며 살아간다. 사람들은 나를 보면 웃는 모습이 좋아 보인다고 한다. 없는 거에 집중하며 얼굴 찡그리지 말고 지금 나에게 있는 걸 바라보며 웃음을 잃지 않는 마음 하나면 된다. 신체장애는 아무것도 아님을 닉 부이치치의 『허그』를 읽고 알았다. 주어진 삶에 감사하며 살아야겠다고 다짐을 했다.

친구들의 따돌림, 동네 아이들의 괴롭힘, 취업이 되지 않는 상황이 이어졌다. 하지만 평소 멘토로 여기며 사는 닉 부이치치의 책은 내 생각을 바꿔 놓았다. 닉 부이치치도 처음에는 자신의 장애를 탓하는 인생을 살았다. 장애로 인해 없어진 자신의 몸에 집중하지 않고 할 수 있는 것을 찾아 살아가는 모습은 감동과 도전을 주었다. 그렇다. 나에게 없는 것에 머물지 말고 매일 도전하는 삶으로 행복한 삶을 사는 장애인으로 살아가려 한다.

지금 가지고 있는 것에 만족하는 삶!
욕심부리지 않는 삶이다.

7

내가 사는 이유로 나를 사랑하게 됐다

장애인으로서의 나의 존재 이유는 무엇인지 종종 생각한다. 대학교 때 법학을 공부하면서 장애인과 사회복지 관련 법령을 자주 읽으며 그 안에서 이 시대에 장애인으로 살아가는 존재 이유를 묻고 답을 찾으려 했다. 헌법을 공부하면서 존재 이유를 알았다. 헌법 제10조는 "모든 국민은 인간으로서의 존엄과 가치를 가지며, 행복을 추구할 권리를 가진다."라고 되어 있다. 이 조문을 보면서, 장애인 관점에서 장애와 비장애를 떠나 모두가 행복할 수 있는 길은 없는지 생각을 자주 했다. 행복할 수 있는 길은 서로 차별이 아닌 차이를 존중하며 사는 세상을 만들어 나가는 것이다. 존엄과 가치를 가진 한 인간으로 바라봐 주는 눈이 필요하다는 걸 헌법을 공부하며 알게 되었다. 장애인으로 살아오며 많은 차별과 괴롭힘을 당했다. 장애로 인한 두려움도 있었다. 나를 바라보는 시선을 피하고 싶었다. 문제는 장애가 아니었다. 장애를 바라보는 시선이었다. 장애인을 보면서 '불쌍하다', '이상하다', '자신과 다르다'는 반응을 보인다. 몸만 불편할 뿐이다. 단지 불편하다는 이유로 존재 가치 없는 사람으로 인식해 버리는 건 아무 능력 없는 자로 못 박아 버리는 꼴이 되지 않겠는가. 장애인도 살아야 할 분명한 이유가 있다. 나도 장애인으로 태어나 사는 이유가 있다. 장애가 주는 의미일 수도 있다.

첫째, 불편하지만 살고 있다는 것이다.

감기, 홍역 등으로 아픈 것 외는 건강하게 살아왔다. 불편한 나를 보고 사람들은 "어디가 그리 많이 아프세요?"라고 한다. 아픈 것과 불편한 건 다르다. 그런데 사람들은 "많이 아파 보이네요."라고 말한다. 장애인들은 아픈 게 아니다. 불편한 거다. 휠체어를 타고 다니시는 지인이 있었다. 이분이 지하철을 타려고 계단에 부착된 리프트를 타고 내려가고 있었다. 그 옆 계단으로 조그만 아이와 아이 엄마가 내려가고 있었다. 아이가 리프트를 타고 내려가는 지인을 보며 엄마에게 말했다.

"엄마! 저 아저씨는 왜 저걸 타고 내려가는 거야?"

엄마는 아이에게 "저 아저씨 아파서 저거 타고 내려가는 거야."라고 말했다. 그 말을 들은 지인은 아래에 도착해서 그 엄마를 보고 말했다. "어머니! 아이에게 정확하게 알려 줘야죠. 저는 아파서가 아니라 몸이 불편해서 이걸 타고 내려가는 겁니다." 아이 엄마는 아무 말도 못하고 고개를 숙인 채 아이와 달아났다. 알았다는 말 한마디 없이.

감기처럼 잠깐 아파 병원에 가서 주사 한 대 맞고 나아 버리면 얼마나 좋을까? 그랬으면 좋겠다. 하지만 장애는 평생 가지고 살아가야 한다. 장애가 불편하더라도 살아가야 한다. 장애를 이겨 내면서 살아야 하는 수밖에 없다. 장애를 친구 삼아 살아가고 있다. 장애를 받아들이고 꿋꿋이 살아나가면 된다.

둘째, 도전하며 살아가라는 의미로 받아들이고 있다.

도전하는 인생이야말로 고난과 역경, 장애도 헤쳐 나가며 살아간다. 매일 하는 글쓰기, 운동, 발음 연습, 독서는 도전이다. 장애가 있다고 가만히 있지 않는다. TV를 보거나 책을 읽으며, 또 다른 일을 할 때 입을 씰룩거리며 발음 연습을 한다. 매일 한 페이지나 그 이상의 책을 꼭 읽는다. 동네 한 바퀴 돌거나 집 안에서 수건이나 물병을 이용해 간단한 운동을 한다. 글쓰기를 한 페이지씩 매일 쓴다. 이런 것들을 매일 하고 있다는 것, 살아 있다는 증거다. 또한 도전하면서 즐기는 삶을 살고 있다. 운동하고, 글을 쓰는 데 장애는 아무것도 아니다. 자판을 두드리는 손에서 장애는 느껴지지 않는다. 도전은 평생 할 것이다. 장애는 도전하는 인생을 만들어 준 고마운 친구이다.

셋째, 차별이 아닌 차이를 존중해 주는, 인정해 주고 배려해 주는 사회를 기대하는 마음이 있다.

살아오면서 장애인으로서 차별과 따돌림을 많이 겪었다. 친구들로부터의 따돌림, 취업에서의 차별, 지역사회에서의 차별 등등. 장애인들과 함께해 주는 것만으로 족하다. 동정하는 마음은 가지지 말았으면 한다. 차이를 존중해 주면서 지역사회에서 살아갈 수 있도록 배려해 주면 된다. 무조건 도와주지 말고 장애인 당사자가 도움을 요구하면 그때 도와주면 된다. 요구하지 않았는데 도움을 주는 건 장애인의 능력을 과소평가하는 거다. 회사에서 일을 시킬 때, 하는 데까지 하게 지켜보고 같이해 달라고 할 때 도와주는 센스가 필요하다. 차별이 아닌 차이를 존중해 주며 인정과 배려를 하기 위해서는 지역사회의 협력도 중요하다. 경기도 하남시에서 매달 발행하는 『청정하남』에서 장애인과 비장애인이 더불어 살아가는 사회를 어떻게 만들어 갈 수 있을지에 칼럼을 써 달라는 부탁을 2021년 3월에 받았다. 그때 칼럼에 이렇게 적었다. 학교나 회사에서 이루어지는 장애인인식개선교육도 필요하지만, 지역사회, 즉 동 주민센터에서 주민들 대상으로 하는 교육도 필요하고 지역사회도 장애인들을 차별이 아닌 차이를 존중해 줘야 하는 걸 강조했다. 대한민국 국민이 서로를 존중해 주는 사회가 된다면 장애인과 비장애인으로 나누는 의미가 없어지지 않을까.

장애인으로 태어나 있는 그대로 나를 받아들이고 사랑하고 있다. 다른 사람 눈을 의식하지 않고 당당히 지역사회에서 살아간다. 쳐다보든 말든 내 할 일 하면서 도전하는 삶을 즐긴다. 내가 이 세상에서 살아가는 이유! 여느 사람들과 다를 바 없다. 불편하지만 현재에 만족하며 살아간다. 사는 이유를 알게 되니 나를 이전보다 더 사랑하게 되었다. 장애인으로 태어난 이유는 앞으로 장애로 두려움 없이 살도록 만들어 주었다. 더 나아가 내가 사는 이유는 충분히 살 가치가 있고 감사로 살아가는 것이다. 늘 가치 있는 삶으로 감사하며 살아가련다.

8

잘될 거라는 믿음이 있다

장애를 안고 살아오면서 부정적인 생각과 말을 하며 살아왔다. 걸을 수 있게 되면서 친구들에게 받은 괴롭힘으로 똑바로 걷지 못하는데 삐뚤삐뚤한 걸음걸이로 과연 살아나갈 수 있을지 늘 고민이었다. 잘 걸어 다니는 친구들을 보며 친구들처럼 걸어 보고 싶었다. 매일 학교에 다녀오면 시무룩해진 나를 보며 어머니는 말씀하셨다.

"친구들 괴롭힘은 잠깐이야. 거기에 신경 쓰지 마. 다 지나갈 거야. 우리 아들 분명히 잘될 거다!"

따돌리고 놀리는 동네 아이들과 학교 친구들을 볼 때마다 "우리 진행이 괴롭히지 말아라!"라고 말하곤 하셨다. 그러면서 나에게는 못 본 체하라고 하셨다. 장애로 괴롭힘 받는 아들을 보며, 몰래 흘린 눈물이 얼마나 되었을지 가늠할 수 있었다. 아버지와 어머니는 나와 동생들을 위해 밤낮 가리지 않고 생계를 위해 돈을 버셨다. 어머니는 닭집을 개업하여서 닭을 팔아 우리 삼 형제를 위해 생계를 이어나갔다. 장사를 마치고 돌아온 어머니 손을 보면 갈라져 있었다. 피곤해서 자고 계시는 어머니 손을 만져 보았다. 닭을 잡을 때 닭들이 쪼아서 여기저기 상처투성이였다. 다리도 성한 데가 없었다. 눈물이 났다. 어머니 얼굴에 내 눈물이 흐르는 바람에 깨셨다. 우는 나를 보면서 왜 우느냐고 하셨다.

"엄마는 이렇게 저를 위해 손과 발을 닭에게 쪼이면서 고생하시는데, 정작 저는 동네 아이들과 학교 친구들이 놀린다고 하소연만 해서 마음이 아파!"

어머니는 너만 잘되면 된다고 늘 말씀하셨다. 자신의 장애를 부끄러워하는 아들을 보며 좋은 말만 하며 살라고 하셨다. 좋지 않은 말을 하면 장애를 가졌어도, 혼내셨다. "너 장애 때문에 힘들다는 거 알아. 하지만 살아나가려고 해 봤으면 해. 우리 진행이, 좋은 말, 예쁜 말을 해야지. 그래야 엄마 아들이지."라고 항상 말해 주었다. 어머니 말은 전부 맞는 말이었다. 그날 이후로 친구들이 괴롭혀도 하지 말라는 말은 했지만, 흥분하거나 분노하지는 않았다. 비록 내 걸음걸이를 친구들이 따라 하며 놀

렸지만, '장애가 오히려 도움이 될 거야.'라고 생각을 했다. 마음이 편해
졌다.

아버지도 아들 잘되라고 걷기 연습을 시킨 거였다. 학교에 근무하시면
서 아들이 따돌림받는 모습을 보곤 하셨다. 친구들을 혼내기도 했다. 아
버지는 그런 모습을 보며 이 아들이 혼자 살아나가게 하기 위한 기반을
다져 주어야겠다는 마음에 걷기 연습을 함께해 주셨을 거다. 미약하게나
마 걷게 된 것은 소소한 성공이었다. 아버지는 작은 성공을 해 봐서 성장
을 매일 해야 한다는 걸 함께 걸어 주면서 알려준 것이다.

'한국해양수산개발원'에서 11개월 동안 계약직으로 일할 때였다.
소속 부서 사무실에 자리가 없어 타 부서 빈자리에 배치되어 일했다.
타 부서 직원들과 같은 공간에 있으면서 오히려 같은 부서 직원들보다는
타 부서 직원들과 소통할 시간이 더 많았다. 소속 부서는 5층 더 올라가
야 해서 선임이 호출하면 올라갔다. 물론 일을 맡긴 선임과도 가끔 지하
카페에서 대화를 종종 했다. 선임은 맡겨 준 일을 잘해 주어서 항상 고맙
다고 말을 했다. 그러면서 "여기를 그만두고 다른 데 가서도 잘 해낼 거
에요."라는 말을 덧붙였다. 선임이 해 준 말은 몸의 장애를 잊게 만들어
주었다. 해양수산개발원은 연구 기관이다. 직원 대부분이 연구원이다.
같은 공간에 있는 타 부서 연구원 중 한 분이 매주 한 번씩 식사를 함께

하자고 했다. 식사하며 삶에 도움이 되는 말도 해 주셨다. 계약이 종료되어 다른 일자리 찾으면서, 한국해양수산개발원이 부산으로 이전하기까지 같은 사무실을 쓴 그분과 종종 만났다. 부산으로 옮겼어도 가끔 통화를 한다. 『마음 장애인은 아닙니다』를 출간했을 때도 연락드렸다. 축하한다며 사서 읽어 보겠다고 말했다. 개발원에 오래 다니고 싶었다. 하지만 더 계약되지 않았다. 개발원에 다니면서 얻은 성과물은 연구에 도움을 주어서 간행한 책자 앞에 이름 석 자 넣어 준 것이다. 지금도 집에 있다. 가끔 꺼내어 보면 감회가 새롭다.

성공에 대해 다시 한번 생각해 보았다.

잘되어서 돈 많이 버는 것이 성공? 권세를 가지는 게 성공? 명예를 가지는 것이 성공? 돈 많이 벌고 싶다. 출세도 하고 싶다. 그런 마음 간절하다. 하지만 성공 이전에 성장을 먼저 해야 한다는 생각으로 살아간다. 내가 준비되어 있지 않은데 성공만 바란다고 과연 성공할 수 있을까. 성장을 위해 독서, 발음 연습, 운동, 글쓰기를 매일 한다. 그것이 성공에 무슨 도움이 되겠냐고 묻고 싶을 것이다. 성공은 잘될 거라는 믿음으로 소소하게 매일 하는 걸로 이루어낼 수 있다고 본다.

어릴 적 아버지는 장애를 가지고 살아갈 아들이 앞으로 잘될 거라는 믿음으로, 걷기 연습을 함께해 주었다. 어머니는 아들이 장애로 삐딱해

질까 봐, 부정적인 말은 입 밖에도 꺼내지 못하도록 어머니 스스로 모범을 보였다. 헬렌 켈러는 "비관론자치고 별의 비밀을 발견하고, 미지의 땅을 항해하고, 인간 정신의 새 지평을 연 사람은 없었다."라는 말을 했다. 장애인으로서 새로운 지평을 열기 위해 삶을 비관하지 않는다. 잘될 거라는 믿음 하나로 만족하며 긍정적인 마음 잊지 않으려고 한다. 잘될 거라는 믿음이 있다. 나에게 이렇게 말하고 싶다!

"이진행! 너 잘될 거야!"

감사 기도

장애를 가졌음에도 진정으로 **만족한 삶**을
알게 해 주어 감사합니다

1. 살아 있다는 것만으로도 감사합니다.

2. 도저히 나아갈 수 없을 때 함께해 줄 수 있는 가족, 동료, 지인이
   있어서 감사합니다.

3. 지금 가지고 있는 것에 만족하며 살게 해 주어서 감사합니다.

4. 장애인으로 태어났어도, 도전의 가치를 알게 해 현재에 만족하며
   사는 거라는 걸 알게 해 주어 감사합니다.

마치는 글

. . .

저의 삶 자체가 감사입니다

만족한 삶을 살고자 몸부림쳤다. 두려운 인생을 살아왔다. 장애로 인해 매일 살아가는 길이 막혀 있는 것 같았다. '장애가 내 인생을 힘들게 만드는구나.' 하는 생각이 늘 있었다. 그럴 때마다 들린 두 음성이 있었다.

"장애가 너를 힘들게 만든다고 생각하지 말고 그 장애로 인해 도전하게 된다고 생각해 봐!"

"진행아! 할 수 있다는 마음을 가지는 것! 잊지 마라!"

위는 하나님 목소리고, 아래는 돌아가신 아버지 목소리다. 이 목소리가 충분한 삶, 만족한 삶을 살게 만든다. 그리고 움직이게 한다. 장애가 도리어 살아가는 도구가 된다는 걸 도전은 알려 줬다. 살아 있다는 걸 느낀다.

세 번째 책이다. 늦은 감이 있다. 하지만 해내고 말았다. 이번 책을 통해 독자에게 주고 싶은 메시지는 아래 세 가지다.

첫째, 무엇을 하든지 성실히 하면 된다.

성실한 삶은 만족한 삶을 살게 해 주었다. 아버지는 항상 말했다. '무얼 하든지 게으르면 안 된다. 늦어지더라도 성실히 일해야 한다.'라고. 흐트러짐 없는 아버지 모습은 세 아들에게 모범이 되었다. 회사 생활할 때 일은 서툴렀지만, 게으르게 일하지 않았다. 성실히 일하는 모습 속에서 진정한 자신을 발견한다. 장애인들도 장애가 있다고 일을 불성실하게 하면 안 된다. 서툴다고 일을 대충대충 하지 말고 늦더라도 최선을 다해 성실히 하면 된다.

둘째, 자책하지 말고 감사하며 사는 인생, 충분한 삶을 사는 것이다.

일하다가 잘못을 저질러거나 실수하면 늘 나를 책망했다. 장애가 걸림돌이 된다고 생각했다. 솔직히 장애 때문은 아닌데 장애로 실수를 하는 거라 보았다. 몸이 불편해 못한다는 생각이 감쌌다. 몸이 불편할 뿐, 마음에는 장애가 없음을 알아야 했다. 자책하는 행동은 부정적인 마음을 가지게 했다. 그래서 결단이 필요했다. 긍정의 기운을 가지기 위해 감사하기로 마음먹었다. 그리고 감사 일기를 쓰기 시작했다. 감사는 나를 알아 가는 도구가 되었다. 내가 살아야 할 이유를 감사에서 찾았다. 수많은 괴롭힘과 따돌림 속에 살았지만, 버티고 지금까지 살아온 게 나의 인생 최고 감사이다. 그것만으로 충분한 삶을 살고 있다는 걸 증명한다. 장애인들도 실수한다고, 자주 넘어진다고 절대로 자기를 책망하지 말길 바란다.

셋째, 무엇보다도 잘될 거라는 믿음이 중요하다

아버지는 늘 나에게 '진행이는 잘될 거야!'라고 말해 주었다. 이런 긍정의 말을 어릴 적부터 들어 왔다. 사회생활을 하면서 넘어질 때마다 아버지가 해 준 말은 메아리가 되어 들려 왔다. 지쳐 있는 나에게, 절망하는 나에게, 실수하는 나에게 단비 같은 말이다. 주위의 사람을 만나면 나는 말한다. '당신은 잘될 거예요! 그렇게 믿으세요!'라고. 그 사람이 이 말에 힘을 얻고 한 발 나아가길 바라는 마음으로, 진심이 담긴 마음으로 말을 해 준다. 삶이 흔들릴 때, 잘될 거란 믿음을 가져보길 바란다. 장애인들도 자신의 몸의 장애를 보지 말고 가능성을 보길 바란다. 그 가능성으로 잘 될 거라는 믿음을 가지고 매일 전진해 나가길 바란다.

집필을 마치며 고마운 분이 있다. 늘 내 옆에서 내가 잘되길 바라는 마음으로 사는 어머니에게 감사드린다. 그리고 언제나 부족한 형을 생각해 주는 동생! 민행이와 철행에게도 고마움을 전한다. 제수씨와 어느새 초등학교 곧 4학년이 되는 조카 태민이에게도 고마움을 전한다. 또한 글을 쓸 원동력을 주고 늦어지는 퇴고를 묵묵히 기다려 준 자이언트 이은대 작가님에게 감사드린다. 마지막으로 매주 함께 예배드리며 서로 신앙으로 축복해 주며 격려해 주는 한샘교회 교우들에게 감사 말씀드린다. 무엇보다도 이 땅에 태어나게 해 주어 살아가는 가치를 깨닫게 해 주고 매일 도전하는 인생을 살도록 힘을 주는 살아 계신 하나님께 감사드린다.

살아 있고, 매일 글을 쓸 수 있고 운동과 등산을 통해 나를 알아 가는 요즘! 충분한 삶을 이어 나가고 있다. 도전하며 장애를 수용하는 삶을 사는 자체가 감사이다. 마지막으로 말한다. 이대로도 충분하다!

충분한 삶으로 도전하는 삶을 이어 나가고 있는

이진행 작가